Bianca

TRAMPA DE AMOR

MICHELLE SMART

HARLEQUIN™

Editado por Harlequin Ibérica.
Una división de HarperCollins Ibérica, S.A.
Núñez de Balboa, 56
28001 Madrid

Trampa de amor, n.º 2627 - 13.6.18
Título original: A Bride at His Bidding
Publicada originalmente por Mills & Boon®, Ltd., Londres.

I.S.B.N.: 978-84-9188-079-0
Depósito legal: M-10884-2018
Impresión en CPI (Barcelona)
Fecha impresion para Argentina: 10.12.18
Distribuidor exclusivo para España: LOGISTA
Distribuidor para México: Distibuidora Intermex, S.A. de C.V.
Distribuidores para Argentina: Interior, DGP, S.A. Alvarado 2118.
Cap. Fed./Buenos Aires y Gran Buenos Aires, VACCARO HNOS.

Capítulo 1

ANDREAS Samaras asomó la cabeza en el despacho anexo al suyo. Llevaba todo el día ocupado con una audioconferencia internacional y necesitaba hablar con su secretaria.

–¿Cómo va todo?

Debbie dejó escapar un suspiro.

–El planeta está a punto de irse al infierno.

–Ya –murmuró él. La tendencia de Debbie a dramatizar era famosa en Gestión de Fondos Samaras y Andreas la encontraría insoportable si no fuera la mejor secretaria que había tenido nunca–. Aparte de eso ¿hay algo que necesite saber? Me refiero al trabajo –se apresuró a añadir, para que no empezase a quejarse otra vez sobre la situación de los osos polares o el Ártico derritiéndose.

–Nada importante.

–Estupendo. ¿Cómo han ido las entrevistas? ¿Ya tienes una lista de candidatas?

Rochelle, su encargada doméstica, se había despedido. La tonta enamorada iba a casarse y había decidido que un trabajo que exigía viajar tanto sería un peligro para su felicidad marital. Él había ofrecido doblarle el sueldo y darle más días de vacaciones, pero Rochelle había rechazado la oferta. Andreas había remoloneado durante semanas antes de buscar a alguien que la reemplazase, con la esperanza de que cambiase de opinión, pero no había sido así y, por fin, había aceptado la derrota.

Debbie tomó varios currículos.

–He reducido las candidatas a cinco.

Andreas entró en el despacho. Le había encargado que hiciera las entrevistas preliminares porque ella sabía muy bien qué clase de persona estaba buscando para un puesto que, básicamente, consistía en organizar su vida doméstica. Era un trabajo para una interna que tendría que viajar con él y encargarse de que todo en su vida diaria fuese sobre ruedas. La persona que necesitaba debía ser leal, honrada, discreta y flexible, tener impecables referencias, permiso de conducir y carecer de antecedentes penales.

Andreas echó un vistazo a los currículos. Todos incluían una fotografía de la candidata, una exigencia en la que él había insistido porque le gustaba familiarizarse con su aspecto físico antes de conocerlas en persona para la última entrevista, que haría personalmente.

Sobre el escritorio había un montón de currículos que su secretaria había rechazado de antemano, pero la fotografía en el primero de ellos llamó su atención. Había algo familiar en esa mirada tan directa...

–¿Por qué has rechazado a esta? –le preguntó, tomando el currículo para estudiarlo. Esos ojos pardos parecían mirarlo fijamente. Unos ojos pardos que, por instinto, Andreas supo que había visto antes.

Debbie lo miró con el ceño fruncido.

–Ah, ella, Caroline Dunwoody. La entrevista fue bien, pero algo en ella no me ofrecía confianza. No sé qué era, más bien un presentimiento. Decidí comprobar sus referencias con más detalle y una de ellas resultaba creíble, pero tengo sospechas sobre la otra. Me dijo que había trabajado como ama de llaves en Hargate Manor durante dos años y aportó una carta de referencias. Hablé con la persona que escribió la carta, el mayordomo, y él lo confirmó.

–¿Entonces cuál es el problema?

–Que Hargate Manor no existe.

Andreas enarcó una ceja.

–¿Cómo que no existe?

–No hay ningún Hargate Manor en cien kilómetros de su supuesta ubicación.

Si Debbie decía que Hargate Manor no existía, entonces no existía. Su secretaria era la persona más concienzuda que conocía.

Andreas miró de nuevo la fotografía de Caroline Dunwoody, intentando recordar dónde la había visto antes. El pelo liso, de color castaño oscuro, le llegaba hasta los hombros y tenía una nariz corta y recta, el labio superior ligeramente más grueso que el inferior y una graciosa barbilla en forma de corazón. Sí, era un rostro bonito, pero no le resultaba familiar.

Sin embargo, estaba seguro de haber visto antes esos ojos.

Cuando iba a pedirle a Debbie que siguiera indagando sobre esa mujer, de repente se le ocurrió algo.

Indagar. Los periodistas indagaban mucho.

Caroline.

Carrie era un diminutivo de Caroline.

Carrie Rivers, la hermana periodista de la mejor amiga de su sobrina.

La periodista del *Daily Times* que se había hecho famosa sacando a la luz las prácticas ilegales y a menudo sórdidas de empresarios multimillonarios.

Su más reciente investigación clandestina en la empresa de James Thomas, un antiguo conocido suyo, había revelado que los negocios de James eran una tapadera para el tráfico de drogas, de armas y hasta de personas. Un mes antes, el meticuloso trabajo de Carrie había conseguido que James fuese condenado a quince años de cárcel. Andreas había leído la noticia en el periódico y se había alegrado. De hecho, esperaba que James se pudriese en prisión.

Con un nudo en el estómago, Andreas buscó información sobre Carrie en internet. No había fotografías y no era una sorpresa dada la naturaleza de su trabajo.

Pero era ella, estaba seguro.

Solo la había visto una vez, tres años antes, y había sido solo durante un segundo. Además, tres años antes, Carrie era una rubia de mejillas regordetas.

Sus ojos eran lo único que no había cambiado. Sus miradas se habían encontrado mientras salía del despacho de la directora del internado en el que estudiaba su sobrina. Carrie y su hermana Violet estaban esperando su turno para ser recibidas. Violet con la cabeza baja, avergonzada al verlo. Y Carrie debería haber bajado la cabeza también.

Ninguna de las dos sabía entonces que esa sería la última vez que iban a entrar en el despacho de la directora. Violet fue expulsada del internado de forma inmediata.

Y tres años después, Carrie solicitaba un puesto como empleada doméstica en su casa bajo un nombre supuesto y dando referencias falsas.

Eso no auguraba nada bueno y Andreas intentó entender la razón por la que lo había elegido como objetivo. Él dirigía un negocio limpio, pagaba sus impuestos, personales y corporativos, en las jurisdicciones correspondientes. Obedecía con creces las leyes de empleo y sus aventuras románticas siempre habían sido discretas porque las responsabilidades se anteponían a todo lo demás.

Una cosa que había aprendido en sus treinta y siete años era que cuando surgía algún problema había que mantener la cabeza fría y lidiar con él inmediatamente para que no se convirtiese en una catástrofe.

De inmediato se le ocurrió un plan y sonrió mirando a su secretaria.

–Debbie, quiero que llames a la señorita Dunwoody para una segunda entrevista.

Su secretaria lo miró como si le hubieran crecido dos cabezas.

–Y envíale una carta. Esto es lo que quiero que digas...

Carrie esperaba en la recepción del cuartel general de Gestión de Fondos Samaras en Londres, intentando llevar oxígeno a unos pulmones que parecían haber olvidado cómo respirar. Los frenéticos latidos de su corazón hacían eco en sus oídos y estaba tan nerviosa que tuvo que secarse las sudorosas manos en las perneras del pantalón.

Después de un sueño agitado, había despertado esa mañana con el estómago tan encogido que no fue capaz de comer nada.

Nunca había estado tan nerviosa, aunque llamar «nervios» a aquella sensación era como llamar río a un hilillo de agua. Pronto entraría en el despacho de Andreas Samaras y tenía que contener las virulentas emociones que amenazaban con ahogarla.

No había estado tan nerviosa mientras investigaba en secreto a James Thomas. Había sido fría como el hielo, totalmente concentrada en la investigación mientras iba sistemáticamente reuniendo las pruebas que necesitaba para desenmascararlo, usando la misma perspectiva que usaba en sus investigaciones habituales, sin perder nunca la concentración. El día que James Thomas fue condenado había sido el más feliz de esos tres últimos años de pesadilla.

Andreas podría no haberle dado a su hermana las

drogas que habían destrozado su joven y frágil cuerpo, pero su contribución al descenso de Violet al infierno había sido tan letal como la de James y mucho más personal.

Y era el momento de hacer justicia.

No podía dejar que los nervios o la conciencia lo estropeasen todo, pero la situación era diferente.

Era de dominio público que James Thomas era un personaje turbio que merecía ser investigado a fondo. Conseguir permiso y apoyo para infiltrarse en su empresa había sido fácil porque todo el mundo en el *Daily Times* había querido que ese sinvergüenza pagase por sus crímenes.

Andreas Samaras, inversor griego multimillonario y propietario de la empresa Gestión de Fondos Samaras, era totalmente diferente. Nada en su pasado sugería que no fuese una persona honrada, pero Carrie sabía que no lo era y cuando vio el anuncio solicitando una ayudante personal, unos días después de que James hubiera sido condenado, supo que el momento de Andreas Samaras había llegado. Sabía que infiltrarse en su vida personal era un riesgo mucho mayor que investigarlo como empleada en una oficina, pero era un riesgo que estaba dispuesta a correr.

Tres años antes había escritos dos nombres en un papel. Desde entonces había conseguido tachar el nombre de James Thomas y era el momento de tachar el nombre de Andreas.

Con objeto de conseguir el apoyo de su periódico para infiltrarse en la vida de Andreas había tenido que contar una pequeña mentira... algunos se habían mostrado escépticos, pero al final había recibido el visto bueno. Todos la habían creído.

Mientras se acercaba el momento de entrar en el despacho de Andreas, las ramificaciones de su mentira empezaron a asustarla. Si se descubriese la verdad, que estaba llevando a cabo una venganza personal, tendría que despedirse de su carrera.

El *Daily Times* era un periódico respetado, una publicación seria que, a pesar de los problemas y tribulaciones que había sufrido la prensa británica durante la última década, había conseguido mantener su reputación intacta. Y era un buen lugar de trabajo.

Si pudiesen publicar una fracción de lo que se sospechaba sobre algunas de las personas más poderosas del mundo tendrían que echar vodka en la red de abastecimiento de agua para que el público superase la impresión. Los ricos y poderosos usaban el dinero para silenciar a la prensa y librarse de los problemas. Forzaban a sus empleados a firmar acuerdos blindados de confidencialidad y eran implacables cuando alguien se saltaba las normas. Las demandas judiciales estaban a la orden del día.

Si conseguía el puesto entraría directamente en su vida personal, en su casa. Estaría más cerca de su objetivo que en ninguna otra de sus investigaciones. ¿Y quién sabía lo que podría averiguar? Cuando empezó a trabajar de incógnito en el departamento de contabilidad de la empresa de James Thomas sabía que era un drogadicto con predilección por las chicas adolescentes, pero no sabía nada de su implicación en el tráfico de personas o de armas. Andreas era amigo de ese criminal y a saber en qué delitos estaría involucrado.

A pesar del currículo amañado y las falsas referencias, sabía que tenía pocas posibilidades de conseguir el puesto. Sobre el papel parecía la candidata ideal, pero lo habían hecho todo muy deprisa para enviar la solicitud a tiempo y no podía dejar de preguntarse si habría cometido algún error.

La entrevista preliminar con su secretaria no había

ido del todo bien y salió del edificio convencida de haber perdido la oportunidad, de modo que fue una enorme sorpresa recibir la llamada invitándola a una segunda entrevista.

Y en ese momento, mientras esperaba ser recibida, lo único que podía ver cuando cerraba los ojos era el odio en los ojos de Andreas la única vez que se vieron, tres años antes.

–¿Señorita Dunwoody?

Carrie levantó la mirada y encontró a la joven recepcionista mirándola con gesto de curiosidad.

Había usado el apellido Rivers durante tanto tiempo que se había convertido en parte de sí misma y su auténtico apellido le parecía extraño. Era conocida por el apellido Rivers desde que su madre volvió a casarse cuando ella tenía cuatro años y había seguido usándolo cuando se embarcó en una carrera como periodista de investigación. Había muchos locos por ahí y en el presente caso la decisión había sido más que afortunada. Nunca se había cambiado el apellido legalmente. Todo el mundo la conocía como Carrie Rivers, pero en la partida de nacimiento, en el permiso de conducir y en su pasaporte era Caroline Dunwoody.

El anuncio indicaba que el puesto exigía viajar a menudo al extranjero. Falsificar unas referencias era una cosa, falsificar un pasaporte era algo completamente diferente y, además, ilegal.

–El señor Samaras la recibirá ahora mismo.

La había hecho esperar durante una hora.

Tragándose una violenta oleada de náuseas, Carrie agarró la correa de su bolso y siguió a la recepcionista por un largo pasillo.

Había tardado un siglo en elegir el atuendo perfecto para aquella entrevista y, al final, se había puesto un jersey de cachemir de color crema, un pantalón informal de color gris y unos zapatos negros de tacón que le daban unos centímetros extra. Pero, de repente sentía como si llevara una camisa de fuerza y los tacones eran un estorbo porque le temblaban las piernas.

La recepcionista abrió una puerta y Carrie entró en un despacho dos veces más grande que el que ella compartía con el resto del equipo en el periódico y cien veces más lujoso.

Allí, tras un enorme escritorio de caoba, trabajando en uno de sus tres ordenadores, estaba Andreas Samaras.

Su corazón se aceleró dolorosamente y, por un momento, pensó que de verdad iba a vomitar.

Andreas no levantó la cabeza de la pantalla.

–Un momento, por favor –murmuró con esa voz profunda que recordaba de su única conversación telefónica, cinco años antes.

La hermana de Carrie y la sobrina de Andreas habían sido compañeras de habitación en el internado. Se habían hecho muy amigas y pronto habían querido pasar juntas los fines de semanas y las vacaciones. Andreas, que como ella era tutor de una adolescente huérfana y vulnerable, la había llamado para ponerse de acuerdo sobre ciertas reglas. Después de esa única conversación se enviaron varios mensajes para confirmar que Natalia iba a casa de Carrie el fin de semana o si Violet iba a la de Andreas. Se había convertido en una costumbre hasta que Andreas Samaras orquestó la forzosa expulsión de Violet del colegio.

Por fin, él apartó la mirada del ordenador y se levantó del sillón. La estatura y el porte de aquel hombre eran tan abrumadores como lo había sido cuando pasó a su lado tres años antes.

–Encantado de conocerla, señorita Dunwoody.

Unos dedos largos y masculinos se apoderaron de los suyos durante unos segundos.

–Siéntese –le ordenó después con tono amistoso, mientras volvía a dejarse caer sobre el sillón.

Carrie sentía un cosquilleo en la mano que había tocado y tuvo que contener el deseo de frotarla contra su muslo mientras se sentaba, dejando escapar un imperceptible suspiro de alivio.

Seguía temiendo que pudiera reconocerla. Físicamente había cambiado mucho desde esa única y fugaz mirada tres años antes, frente al despacho de la directora del internado, cuando los ojos castaños de Andreas se habían clavado en los suyos con tal ferocidad que Carrie se había encogido en la silla. El estrés había hecho que perdiese quince kilos desde entonces y eso había alterado sus facciones y su figura. Además, había dejado de buscar el perfecto tono de rubio mucho tiempo atrás y había vuelto a su natural pelo castaño.

Si Andreas tuviese la menor idea de quién era en realidad, no estaría allí. No la habría llamado para una segunda entrevista.

No le parecía posible que la hubiera reconocido, pero en los cinco años de trabajo en el periódico había aprendido que nunca debía dar nada por sentado.

Los ojos de color castaño claro se clavaron en ella y Carrie supo que se había ruborizado. Por un momento, se le quedó la mente en blanco. No era consciente de nada salvo de los rápidos latidos de su corazón.

Intentó tragar saliva, pero tenía la garganta seca. No podía negar que Andreas era un hombre increíblemente atractivo. Su pelo castaño era espeso, con un flequillo apenas domado cayendo sobre una frente cubierta de invisibles arruguitas, unos pómulos desde los que se podría esquiar, una mandíbula cuadrada, como esculpida, y una nariz aguileña muy masculina. Bronceado y curtido, parecía haber vivido a tope cada uno de sus treinta y siete años.

Era el hombre más viril y atractivo que había visto en toda su vida.

Entonces Andreas esbozó una sonrisa torcida.

Era como si el lobo feroz hubiera sonreído en el momento en el que se comía a la abuela.

–Enhorabuena por estar entre las cinco últimas candidatas –le dijo con su impecable acento.

Carrie sabía, como sabía tantas otras cosas sobre aquel hombre, que había aprendido su idioma en Grecia y lo había perfeccionado en una universidad americana. Lo hablaba con soltura, proyectando las palabras tan rápidamente que su acento sonaba como una cadencia musical.

–Si debo ser sincero, le diré que usted es mi candidata favorita.

Carrie no pudo disimular su sorpresa.

–¿Yo?

Los ojos de Andreas brillaron.

–Antes de entrar en detalles sobre los requisitos, hay algunas cosas que necesito saber sobre usted.

Carrie intentó esconder el miedo detrás de una sonrisa que no parecía querer formarse en sus heladas mejillas.

¿Había descubierto las mentiras en su currículo?

Después de un momento de silencio que parecía hacer eco en el despacho, Carrie consiguió hacer funcionar su garganta.

–¿Qué quiere saber?

–Las referencias y el currículo solo dan una perspectiva limitada sobre una persona y si le doy el puesto tendremos que pasar mucho tiempo juntos. Será mi mano derecha en todo lo que se refiere a mi vida personal y conocerá todos mis secretos, así que señorita Dunwoody.... ¿puedo llamarte Caroline?

–Sí, claro.

–Caroline, si te doy el puesto necesito confiar en ti y confiar en que podremos trabajar juntos –empezó a decir. Su tono relajado le decía que el engaño había funcionado, pero el aroma a peligro seguía flotando en el ambiente. Y el instinto le decía que tomase el bolso y el abrigo y saliera del despacho en ese mismo instante–. ¿Estás casada o tienes novio? Te lo pregunto porque si es así, debes saber que tendrás que separarte de esa persona durante mucho tiempo. Y no tendrás muchos días libres.

–No tengo novio –respondió Carrie. Nunca lo había tenido y nunca lo tendría. No se podía confiar en los hombres. Había aprendido eso antes de cumplir los diez años.

–¿Tienes hijos?

Ella negó con la cabeza, pensando inmediatamente en Violet, a quien había querido como si la hubiese traído al mundo.

–¿Hay alguien que dependa de ti, perros, gatos, peces de colores?

–No, tampoco.

–Estupendo –dijo Andreas, asintiendo con la cabeza–. No voy a engañarte, soy un jefe exigente y este es un trabajo al que hay que dedicar muchas horas. ¿Qué te contó Debbie sobre el puesto en la entrevista preliminar?

–Me dijo que consistía en llevar el día a día de las casas que tiene por todo el mundo.

Él inclinó a un lado la cabeza, mirándola con gesto pensativo.

–Así es como hemos anunciado el puesto, pero en realidad es más bien llevar mi día a día. El trabajo consiste en supervisar el buen funcionamiento de todas mis propiedades, pero no espero que hagas el trabajo manual personalmente, para eso está el personal de servicio. Trabajo muchas horas y cuando vuelvo a casa quiero estar cómodo. Necesito a alguien que atienda mis necesidades personales: servirme una copa, preparar mi ropa cada día, comprobar que haya toallas en el baño y tenerlo siempre todo a punto.

Lo que aquel hombre quería no era una encargada doméstica, pensó Caroline con muda indignación mientras escuchaba su seductora voz, sino una esclava.

–A cambio, ofrezco un salario muy generoso.

Cuando mencionó la cantidad Carrie parpadeó, sorprendida, porque era cuatro veces lo que ella ganaba en el periódico.

Imaginó que una candidata de verdad aceptaría sin pensarlo dos veces. Era una enorme cantidad de dinero a cambio de ser su burro de carga.

Andreas se echó hacia delante para mirarla fijamente y Carrie tragó saliva. Cuanto más miraba esos ojos, más bonitos le parecían. Eran de un color castaño claro casi transparente y brillaban de una forma intensa.

Si le daba el puesto tendría que andar con cuidado porque aquel hombre era peligroso.

–En fin, Caroline –dijo él entonces–. Hay una exigencia más para la persona a la que le ofrezca el puesto.

–¿Cuál es?

–Necesito a alguien que sea de naturaleza alegre.

Era el momento de marcharse, pensó Carrie. ¿Cómo iba a mostrarse alegre con el hombre que le había hecho tanto daño?

–Lo que quiero decir con eso es que mi trabajo es muy estresante y cuando llego a casa quiero ser recibido con una sonrisa y no ser molestado con problemas insignificantes. ¿Sabes sonreír?

Había hecho la pregunta con tan falsa seriedad que los músculos faciales de Carrie se suavizaron y la sonrisa que había intentado esbozar desde que entró en el despacho salió espontáneamente.

Los ojos de Andreas brillaron como respuesta.

–Mucho mejor –murmuró, echándose hacia atrás en el sillón y cruzándose de brazos. Los puños de la camisa se le subieron, revelando unos seductores antebrazos cubiertos de suave vello oscuro.

–Sí, creo que tú eres la candidata ideal. El puesto es tuyo si lo quieres.

Carrie hizo un esfuerzo para apartar la mirada de esos antebrazos tan... masculinos.

–¿El puesto es mío?

No había esperado que fuese tan fácil y su corazón empezó a galopar alocadamente.

Demasiado fácil.

Andreas no solo era uno de los hombres más ricos del mundo sino un hombre muy inteligente. Y el puesto que le ofrecía después de una entrevista de menos de quince minutos la llevaría directamente a su casa, a su intimidad.

–¿Aceptas o no? –la retó él, rompiendo el silencio.

–Sí –respondió Carrie, intentando mostrar un entusiasmo que no sentía y haciendo un esfuerzo para sonreír–. Sí, por supuesto que sí. Gracias.

–Estupendo –dijo Andreas, esbozando una sonrisa de lobo–. ¿Has traído tu pasaporte?

–Sí, claro.

La carta que había recibido pidiéndole una segunda entrevista insistía en que llevase el pasaporte y había pensado que querrían hacer una fotocopia para comprobar su identidad.

Andreas se levantó entonces.

–Entonces, vamos. Tenemos que ir al aeropuerto.

Carrie lo miró sin entender.

–¿Ahora mismo?

–En la carta que te envió mi secretaria decía que la candidata que consiguiese el puesto empezaría a trabajar inmediatamente.

–Sí, lo sé, pero... –Carrie no había pensado que «inmediatamente» significase «inmediatamente»–. ¿Nos vamos ahora mismo?

El brillo del que estaba empezando a desconfiar asomó a sus ojos de nuevo.

–Sí, ahora mismo. ¿Algún problema?

–Ningún problema –se apresuró a decir ella. Al parecer, el puesto era suyo y no pensaba darle ninguna razón para que se echase atrás. Practicaría la sonrisa en cuanto encontrase un espejo–. Es que no he traído una muda de ropa...

–No te preocupes por eso, tendrás todo lo que necesites cuando lleguemos allí. Dile a Debbie tu talla antes de irnos y ella se encargará de todo.

–¿Dónde vamos?

–A una de mis casas, en un sitio en el que no está lloviendo –respondió Andreas. Y mientras decía eso abrió la puerta del despacho e hizo un gesto para que lo precediera.

Capítulo 2

EN EL JET privado, mientras Andreas trabajaba en su ordenador portátil, Carrie estudiaba una gruesa carpeta que contenía los detalles de todas sus propiedades.

Todas excepto una, a la que se dirigían en ese momento.

–¿En cuál debo concentrarme? –le había preguntado ella cuando le dio la lista para saber cuál era su destino.

–Todas ellas –había respondido él, sonriendo–. Te haré un examen cuando lleguemos.

–¿Y cuándo será eso?

Andreas había mirado su reloj.

–En aproximadamente once horas.

Carrie no había hecho ningún comentario, pero podía leer sus pensamientos y disfrutaba viendo cómo se mordía la lengua para no hacer preguntas.

También había disfrutado enormemente en la reunión, mucho más de lo que esperaba. Saber que la había pillado antes de que pusiera un pie en su despacho lo alegraba tanto que era capaz de disimular su rabia.

La rabia nublaba todo pensamiento racional y él necesitaba tener la cabeza fría si iba a seguir yendo un paso por delante de aquella víbora.

Había pensado que irse de Inglaterra, alejarla de su casa y de su auténtico trabajo tan rápidamente como fuera posible, era la mejor manera de proceder. Tenía que desorientarla, ponerla en desventaja sin que ella se diera cuenta. Y entonces, cuando fuera incapaz de escapar o ponerse en contacto con el mundo exterior, exigiría respuestas. Quería saberlo todo, por qué estaba investigándolo, qué esperaba descubrir y quién le había pedido que lo hiciera. Había hecho sus propias pesquisas entre sus contactos en los medios de comunicación, pero no había descubierto nada. Nadie había oído el menor rumor de un escándalo sobre él.

El instinto le decía que las razones de Carrie para estar allí eran, en parte, de naturaleza personal. La coincidencia era demasiado grande para encontrar otra explicación.

Descubriría la razón a su debido tiempo, pero en lugar de interrogarla inmediatamente había decidido pasarlo bien con ella durante unos días. Hacerla sufrir un poco. Era lo mínimo que merecía.

¿De verdad pensaba que era tan inútil que necesitaba una persona para servirle copas y secar el sudor de su frente? A él le gustaba la comodidad, pero no era ningún niño mimado y había visto un brillo de sorpresa en sus ojos cuando le explicó cuáles serían sus supuestas obligaciones; unas obligaciones que había inventado para ver cómo reaccionaba.

Durante los días siguientes haría el papel de hombre-niño mimado y la obligaría a tratarlo a cuerpo de rey. Sabía que Carrie odiaría cada minuto.

Estupendo.

Él disfrutaría de cada minuto.

La vio apartar el cuaderno en el que había estado tomando notas mientras leía los documentos y sacar el móvil del bolso discretamente. Un minuto después vio que empezaba a tocarse el pelo en un gesto nervioso.

Andreas sonrió, disfrutando de su silenciosa frustración al descubrir que no podía entrar en internet. Él lidiaba con información confidencial y para usar la wi-fi del jet era necesaria una contraseña. Se preguntó cuánto tiempo tardaría en rendirse y preguntarle cuál era.

Pero tardó tres horas en levantar la cabeza y aclararse discretamente la garganta.

–¿Sería posible que me diera la contraseña de wi-fi?

–No sabía que tuvieras a nadie con quien ponerte en contacto –comentó él, disfrutando al ver el rubor que cubría su esbelto cuello.

–No quería ponerme en contacto con nadie –respondió Carrie sin la menor vacilación–. Solo quería comprobar mi correo.

–¿Esperas algo importante?

Ella negó con la cabeza.

–No se preocupe. Lo comprobaré más tarde.

Carrie Rivers, Caroline Dunwoody, fuera cual fuera su nombre, tenía un cuello precioso. En persona era mucho más atractiva que en fotografía, sus facciones más suaves, su piel fresca y dorada. Era preciosa.

Recordó entonces a la joven regordeta que había visto fugazmente tres años antes. Se había fijado en sus ojos, pero estaba tan enfadado que no podía pensar con claridad y mucho menos fijarse en cualquier otro detalle. Ese día estaba más furioso que nunca. La noche anterior, cuando volvió a casa, había descubierto a su sobrina y a su mejor amiga borrachas en su habitación. Lo que ocurrió después había sido casi igual de horrible.

Convertirse en tutor de una adolescente huérfana nunca había sido una tarea sencilla, pero ese fin de semana fue el más angustioso de su vida. Más aún que la noche que recibió la llamada en la que le informaron de que su hermana y su cuñado habían muerto o el día que descubrió que sus padres estaban en la ruina.

¿Dónde estaba el manual que te guiaba paso a paso, que te enseñaba cómo lidiar con el descubrimiento de que tu sobrina, tu responsabilidad, había empezado a tomar drogas o qué hacer cuando su amiga de dieciséis años aparecía desnuda en tu dormitorio con intención de seducirte? ¿Dónde había aprendido Violet ese comportamiento? ¿De su hermana mayor? ¿La aparentemente formal y estirada mujer que estaba sentada a unos metros de él sería tan lasciva y temeraria como lo había sido su hermana?

A pesar de haberlo intentado no había descubierto nada importante sobre Carrie. La página web del *Daily Times* enumeraba sus premios y sus logros, pero nada de naturaleza personal. Solo sabía su edad por su antigua conexión personal. Veintiséis años. Muy joven para haber conseguido tanto en su carrera profesional. Para eso hacía falta un gran compromiso y una dedicación total, unas cualidades que hubiese admirado si no fuesen contra él. Pero, al contrario que los otros hombres, y todos habían sido hombres, que había llevado ante la justicia, él no tenía nada que esconder. Su negocio era limpio y no entendía por qué lo había convertido en su objetivo. ¿Por qué la laureada periodista de investigación Carrie Rivers estaba tras él? ¿Era algo personal?

Fuese cual fuese la razón, la descubriría y cortaría el problema de raíz. El viejo dicho de mantener a tus amigos cerca, pero a tus enemigos aún más cerca era uno en el que siempre había creído.

Hasta que descubriese la verdad, mantendría a Carrie lo más cerca posible de él y luego...

Y luego, a menos que se le ocurriese un plan mejor, la retendría a su lado durante el tiempo que fuera necesario.

Ya había oscurecido cuando aterrizaron y las tormentas primaverales de Londres eran un distante recuerdo mientras Carrie desembarcaba y miraba un cielo cubierto de estrellas.

–¿Dónde estamos? –le preguntó. Había estudiado diligentemente el archivo que Andreas le había dado y, por las horas de vuelo, se había convencido a sí misma de que su destino era Tokio. Pero aquello no parecía Tokio.

–Las islas Seychelles –respondió Andreas–. Bienvenida a Mahe, la isla más grande del archipiélago.

Carrie miró alrededor. ¿Cómo podía habérsele pasado una casa en las islas Seychelles? Había leído todos los documentos tres veces y no había nada sobre una casa en las islas Seychelles. Y tampoco había encontrado nada sobre esa propiedad durante la investigación previa.

–No sabía que tuviera una casa aquí.

–La mantengo en secreto –respondió Andreas en voz baja. Estaba tan cerca que el aroma de su exclusiva colonia la afectó de una forma inesperada.

Carrie, tragando saliva, se apartó de él discretamente.

–¿Qué hora es?

–La una de la mañana. Llegaremos a casa después de un corto vuelo en helicóptero.

Pasaron a toda prisa por el control de seguridad y veinte minutos después de aterrizar subían a un brillante helicóptero.

–¿Has viajado alguna vez en helicóptero? –le preguntó Andreas mientras se abrochaba el cinturón de seguridad.

¿Había seis asientos para elegir y tenía que sentarse precisamente a su lado?

Carrie negó con la cabeza, apartando discretamente las piernas para no rozarlo.

–Es una experiencia agradable y la forma más rápida de llegar a mi isla.

–¿Su isla?

Andreas hizo una mueca.

–Bueno, es más bien una pequeña península pegada a otra isla, pero los terrenos me pertenecen por completo.

Carrie maldijo en silencio mientras el helicóptero se elevaba del suelo.

No sabía nada sobre esa isla. ¿Qué más cosas le habrían pasado desapercibidas durante su investigación? ¿Quién había comprado la propiedad? ¿Estaría a nombre de una empresa fantasma? Tendría que ponerse a investigar en cuanto fuera posible. Y también necesitaba hablar con su editor para hacerle saber dónde estaba. Pero lo haría después de darse una ducha y, con un poco de suerte, unas horas de sueño. Cuando se vistió esa mañana no se le ocurrió pensar que terminaría en la famosas islas Seychelles, un paraíso para los recién casados, y llevaba todo el día con la misma ropa.

En cambio, Andreas se había duchado una hora antes de aterrizar y se había cambiado el traje de chaqueta por una camisa blanca bien planchada y un elegante pantalón gris...

Sus pensamientos se vieron interrumpidos por una brusca maniobra del piloto, que la lanzó contra el costado de Andreas. El contacto provocó una oleada de emoción tan intensa, repentina e inesperada que Carrie se quedó muda.

Fue como una descarga eléctrica y durante unos segundos no se veía capaz de respirar.

Una mano grande cubrió la suya.

–No te preocupes –murmuró Andreas, entrelazando sus dedos con los suyos–. Es solo una pequeña turbulencia.

Carrie tragó saliva, haciendo un esfuerzo para calmarse e intentando desesperadamente que su trastornado cerebro formase un pensamiento coherente. Solo estaba cansada, se dijo a sí misma, mientras se clavaba las uñas en la palma de la mano libre.

«Vamos, Carrie, siempre has querido viajar en helicóptero. Al menos intenta disfrutarlo».

Violet también había querido siempre viajar en helicóptero. De niña, cada vez que veía uno volando sobre sus cabezas movía frenéticamente los bracitos, convencida de que los pilotos le devolvían el saludo.

¿Qué estaría haciendo en ese momento? Su hermana llevaba tres meses en California recuperándose de su adicción, pero era un proceso lento y ella era muy frágil. Carrie la había llamado un par de días antes, pero sus conversaciones semanales eran incómodas y forzadas desde que Violet despertó del coma y quedó claro lo cerca que había estado de la muerte. Cada vez que hablaba con su hermana era como hablar con una extraña. La niña cuya primera palabra había sido «Cawwie» y que la seguía como una sombra desde el momento que empezó a andar había desaparecido. En realidad, había desaparecido mucho tiempo atrás y se le rompía el corazón al recordar lo dulce y cariñosa que había sido antes de que las drogas destrozasen su vida.

Pestañeando rápidamente para contener las lágrimas por todo lo que había perdido, Carrie miró por la ventanilla. Podía ver pequeñas masas de tierra en medio del Océano Índico y poco después volaban sobre una playa que parecía blanca a la luz de la luna. La silueta de una casa grande emergió entre las sombras cuando el piloto empezó a descender.

Andreas bajó primero y le ofreció su mano, mirándola a los ojos con una intensidad que la hizo tragar saliva.

–Gracias –murmuró, alegrándose de que la oscuridad ocultase sus mejillas encendidas.

–De nada –Andreas apretó su mano antes de soltarla y luego volvió a subir al helicóptero para hablar con el piloto.

Sola por un momento, Carrie inhaló profundamente y sus sentidos se llenaron del embriagador aroma de unas flores que no podía ver. La fresca brisa del océano era tan agradable que tuvo que hacer un esfuerzo para no cerrar los ojos y disfrutar de la deliciosa sensación.

Disfrutar de la sensación tendría que esperar porque unas luces se encendieron de repente y Carrie se encontró frente a una villa, una mansión, no sabía cómo describirla.

Era impresionante.

Era solo de dos plantas, pero compensaba en extensión lo que le faltaba en altura. Parecía un templo budista de piedra blanca, con un porche que daba la vuelta a toda la casa. El clásico tejado de tejas rojas le daba un aire acogedor a un edificio que de otro modo podría parecer demasiado imponente.

Andreas volvió a su lado entonces. Podía sentir sus ojos clavados en ella, como si estuviera esperando su reacción.

¿Qué clase de reacción debería mostrar una empleada?

Carrie optó por ser sincera.

–Es preciosa.

–¿Verdad? –Andreas sonrió–. Espera a verla de día. Yo me enamoré de ella por una fotografía. Estaba buscando una casa de vacaciones y este es el sitio perfecto. Aquí puedo alejarme del mundo, pero la isla principal está a poca distancia en lancha y allí hay gente y vida nocturna.

–¿Viene aquí de vacaciones?

–Por supuesto –respondió él con gesto de sorpresa–. ¿Quién querría hacer negocios en un paraíso como este?

–¿Cuánto tiempo estaremos aquí?

–¿Por qué? ¿Tienes que ir a algún sitio?

–No, no, es solo que... –Carrie sintió que se ponía colorada.

–Relájate, estoy bromeando. Sé que no tienes compromisos que atender o me lo habrías dicho en la entrevista. Nos quedaremos aquí unos días. No he tenido vacaciones en mucho tiempo y necesito recargar baterías.

Tampoco ella había tenido vacaciones en mucho tiempo. Al menos una década, dos o tres años antes de que su madre muriese.

Pero esas no eran unas vacaciones para ella. Estaba allí para trabajar. Su trabajo era encargarse de que todo fuera sobre ruedas en la hermosa mansión y atender todos los caprichos de su propietario mientras, de forma clandestina, intentaba descubrir sus oscuros secretos. Qué clase de secretos descubriría en la casa de vacaciones de Andreas Samaras, no tenía ni idea. Seguramente tendría que esperar hasta que se trasladasen a otra de sus propiedades, un sitio donde hiciese negocios, para descubrir algo que mereciese la pena.

Esperaba que algún empleado saliese a recibirlos porque tenía al menos tres internos en cada una de sus propiedades, pero se quedó un poco desconcertada al entrar y descubrir la casa envuelta en silencio. Sí, era medianoche, pero los empleados no se retirarían a sus habitaciones sabiendo que el jefe estaba a punto de llegar ¿no?

–Ven, voy a enseñarte la casa y luego te llevaré a tu habitación –dijo Andreas, precediéndola por un largo pasillo.

Carrie olvidó sus recelos mientras admiraba la belleza de la casa, de techos altísimos, que conseguía ser a la vez lujosa y acogedora. Las paredes eran blancas, pero los suelos de mosaico eran de colores vivos. El espacioso comedor estaba dominado por una enorme y pulida mesa de caoba y la cocina era tan grande como toda su casa.

–Estos son los dominios de Brendan –le informó Andreas.

–¿Brendan en el chef?

–Así es. Si tienes hambre puedo llamarlo y enseguida te preparará algo de comer.

–No, gracias, no hace falta.

El auxiliar de vuelo había servido la cena en el avión y Carrie, con un nudo en el estómago, había tenido que hacer un esfuerzo para comer.

Él se encogió de hombros.

–Si necesitas algo antes de mañana estoy seguro de que podrás encontrarlo. Imagino que la cocina es una cocina normal.

–¿Lo imagina? –repitió ella.

Andreas hizo una mueca.

–Contrato empleados para no tener que hacer las tareas yo mismo.

–¿Cuándo fue la última vez que usó una cocina? –le preguntó Carrie, sin pensar. Estaba segura de que no le gustaría que sus empleados lo cuestionasen, pero ya no podía retirar la pregunta.

Su preocupación demostró ser errónea.

–Durante mi época universitaria en Estados Unidos. Estudié en el Instituto Tecnológico de Massachusetts y descubrí que era un cocinero espantoso, así que conseguí un trabajo como camarero en un restaurante italiano donde, además, me daban de comer. No he cocinado desde entonces.

–¿Un restaurante italiano?

–No había restaurantes griegos decentes donde yo vivía. Había algunos bares de tapas, pero no ofrecían desayunos, así que opté por un restaurante italiano.

Se dirigió a una escalera voladiza y subió los escalones de dos en dos. Carrie iba tras él, intentando disimular un bostezo. El viaje y las pocas horas de sueño el día anterior la habían dejado agotada.

–Mi habitación –Andreas abrió la puerta de un dormitorio del mismo tamaño que la cocina, que contenía de todo lo que un mimado multimillonario pudiera necesitar. Carrie se quedó en el pasillo hasta que él le hizo un gesto con el dedo, mirándola con un brillo burlón en sus ojos castaños–. No seas tímida, Caroline. Tienes que familiarizarte con mi habitación.

¿Familiarizarse con su habitación? Lo único que podía ver era una enorme cama de cabecero labrado cubierta de almohadones y, de repente, imaginó a Andreas desnudo, deslizándose entre unas sábanas de satén azul marino con esa incomparable gracia masculina...

Carrie apretó los dientes mientras intentaba apartar esa imagen de su cerebro. Nunca había imaginado a un hombre desnudo y la turbaba tener unos pensamientos tan inconvenientes sobre aquel hombre en particular.

Andreas poseía un enorme magnetismo sensual; estaba en cada movimiento, en cada palabra, en cada gesto, y eso aumentaba la creciente sensación de peligro.

Vaya, de verdad, de verdad necesitaba dormir un poco.

–¿Qué otras personas trabajan aquí? –le preguntó. Una vez que conociese a todo el mundo dejaría de sentirse atrapada en una jaula de oro de la que solo Andreas tenía la llave.

Todo había sido tan rápido que no había tenido tiempo para recelos, pero allí, en medio de la habitación de Andreas, en su casa secreta a medianoche, tan lejos de Londres, sus recelos empezaban a convertirse en auténtica aprensión.

–Heredé a la mayoría del personal del anterior dueño. Enrique y su hijo mayor cuidan del jardín. La mujer de Enrique, Sheryl, y un par de amigas suyas se encargan de la limpieza.

–¿Dónde están las habitaciones de los empleados?

–No hay habitaciones para empleados. Brendan y su ayudante viven en una casita al otro lado del jardín, pero los demás viven en la isla principal.

Carrie empezó a escuchar campanitas de alarma.

–¿Entonces quién vive en la casa?

Tenía que haber malinterpretado sus palabras. No podía estar diciendo que iban a vivir bajo el mismo techo los dos solos.

–Nosotros, tú yo.

–¿Solo usted y yo?

–Así es –los ojos de Andreas parecían arder–. Mientras estemos en este paraíso, la noche nos pertenece a ti y a mí, los dos solos.

Capítulo 3

ANDREAS disfrutó al ver que Carrie intentaba esconder su horror ante tan desagradable revelación.

–Compré esta casa para alejarme del mundo y se lleva de forma más relajada que el resto de mis propiedades –le explicó–. Mientras tenga a alguien a mano que se encargue de atenderme, no necesito mucho más y esa, *matia mou*, es la razón por la que tú estás aquí. Considéralo un comienzo fácil. La casa prácticamente se lleva sola, así que podrás dedicarme todo tu tiempo y así nos conoceremos mejor.

Carrie estaba pálida, sus ojos pardos abiertos de par en par.

Comprensible, pensó él. No querría que indagase sobre su vida con preguntas que la pondrían en un aprieto. No querría meter la pata contando mentiras en las que podría pillarla fácilmente.

Pero, a pesar del tumulto de emociones que brillaban en sus ojos, no perdió la compostura. Si no supiera nada sobre su verdadera identidad seguramente no se habría percatado de su apuro. Si no supiera la verdad pensaría que era una persona tímida y cohibida.

Estaba deseando saber hasta dónde podía llegar antes de que apareciese la auténtica Carrie.

–Tu habitación ya está preparada.

Pero no preparada como lo habría estado para Rochelle, que siempre había dormido al otro lado de la casa. No quería que Carrie, el cuco en su nido, la espía, tuviese ninguna intimidad durante aquel engañoso interludio.

Andreas empujó una puerta anexa a su dormitorio y le mostró una habitación mucho más pequeña. Diminuta, de hecho.

–¿Lo ves? Aquí tienes todo lo que puedas necesitar. Una cama, una cómoda, un armario y tu propio cuarto de baño.

Pero nada de televisión u otras formas de entretenimiento. Andreas quería ser su único entretenimiento mientras estuvieran allí.

En aquella ocasión, el color que teñía sus mejillas era de rabia, pero Carrie mantuvo la compostura mientras preguntaba con un cierto temblor en la voz:

–¿Voy a dormir en una habitación anexa a la suya?

–¿Cómo vas a encargarte de atender todas mis necesidades si duermes al otro lado de la casa? Solía ocuparla el hijo de los antiguos propietarios y admito que es pequeña porque fue diseñada para un bebé, pero yo creo que es perfectamente adecuada.

Adecuada para un bebé, poco adecuada para una mujer adulta, incluso para una tan delgada como Carrie. Había pensado convertirla en otro vestidor y se alegraba de no haber tenido tiempo para hacer la reforma.

–¿Dónde está el cerrojo?

–No hay cerrojo, así será fácil para ti pasar de una habitación a otra –Andreas le guiñó un ojo–. Pero no te preocupes, yo soy un caballero y solo entro en la habitación de una señora cuando he sido invitado.

Y cuando ella sintiera la tentación de entrar en su habitación sin haber sido invitada, algo que sin duda haría ya que su único propósito era espiarlo, él lo sabría porque había hecho instalar cuatro cámaras microscópicas que controlarían cada uno de sus movimientos.

Había pensado poner una cámara en su habitación, pero había límites que nunca debían traspasarse y poner cámaras ocultas en el dormitorio de una mujer era uno de ellos, aunque esa mujer fuese una espía. Además, después de haber pasado el día encerrado en un avión con ella, se alegraba doblemente de no haberlo hecho.

Carrie tenía un encanto que despertaba sus sentidos como ninguna otra...

Y también tenía unos ojos enrojecidos de cansancio.

–Veo que estás agotada. ¿Hay algo que quieras preguntar antes de irte a dormir?

Ella negó con la cabeza, apretando los suaves y deliciosos labios. Evidentemente, estaba abrumada por la situación y Andreas lo entendía. Cuando entró en su oficina en el distrito financiero de Londres esa mañana no podía haber imaginado que terminaría el día alejada de todo lo que le era familiar, en el paraíso de las islas Seychelles, y sin duda se sentiría vulnerable.

Estupendo.

Podía entender su angustia, pero no debía compadecerse de ella. Carrie era un buitre, un buitre precioso sí, pero un buitre en cualquier caso.

No merecía nada menos que lo que la esperaba.

–En ese caso, buenas noches. La ropa que te prometí llegó antes que nosotros. Sheryl la habrá guardado en el armario y recuerda...

Ella enarcó una bonita ceja.

–¿Sí?

Andreas le hizo un guiño.

–Me gusta que me den los buenos días con una sonrisa.

Cuando cerró la puerta que conectaba las dos habitaciones sonrió para sí mismo al imaginar su reacción al ver la ropa que había elegido para ella.

La diversión acababa de empezar.

Carrie tiró el contenido de su nuevo vestuario sobre la pobre excusa de cama y rebuscó entre las prendas con creciente ansiedad. Había esperado un uniforme de doncella, algo parecido a lo que llevaban las camareras de hotel, no unos vestidos de seda.

El armario y la cómoda estaban llenos de suaves y vaporosos vestidos veraniegos, blusas, pantalones cortos que ponían el énfasis en la palabra «corto», bikinis y pareos de seda. También había ropa interior, todo de color negro y de encaje.

Y todas las prendas llevaban la etiqueta de un famoso diseñador.

Le ardía la cara cuando tomó unas bragas, preguntándose si Andreas las habría elegido personalmente.

¿Pero cómo iba a hacerlo? No se había apartado de su lado desde que salieron de su despacho en Londres. Debía haber sido su secretaria, Debbie, a quien le había dado su talla de ropa y zapatos antes de que Andreas la sacase a toda prisa del edificio.

Carrie tragó saliva, con una mezcla de consternación y miedo.

Aquello no era normal. Y para empeorar la situación, la señal del móvil parecía inexistente. El mensaje que había intentado enviar a su editor cuarenta minutos antes aún estaba en espera.

¿Quién sabía que estaba allí? Andreas y su secretaria, Debbie, el piloto, el auxiliar de vuelo y los empleados de la casa. Ninguno de sus amigos sabía que estaba allí, solo gente pagada por Andreas Samaras.

Frotándose los ojos, intentó pensar que estaba preocupándose por nada. Había sido un día increíblemente largo y estaba muerta de sueño. La falta de sueño le hacía cosas raras al cerebro.

La carta que había recibido dejaba bien claro que la candidata que consiguiese el puesto tendría que empezar a trabajar inmediatamente. Era culpa suya no haber tomado la carta al pie de la letra.

Estaba precisamente donde quería estar, más cerca del hombre al que quería investigar que en sus mejores sueños. Pero también Andreas tenía acceso a ella y Carrie miró la puerta que conectaba las dos habitaciones con el estómago encogido.

Había dicho que no iba a entrar en la habitación a menos que ella lo invitase, pero no confiaba en su palabra.

La miraba de una forma... ¿miraría a todas sus empleadas de ese modo, con esa misma intensidad, como si estuviera desnudándolas con los ojos?

¿O su conciencia culpable estaba jugando con ella, haciéndole ver cosas que no existían?

Un ruido en la habitación de Andreas hizo que contuviese el aliento.

Seguía despierto. Estaban a unos metros el uno del otro y ni siquiera podía cerrar la puerta con cerrojo.

Carrie tuvo que hacer un esfuerzo para respirar.

Necesitaba darse una ducha, pero había esperado un tiempo que le pareció razonable, convencida de que Andreas se habría dormido. Una hora después, nada sugería que fuera así.

¿Qué iba a hacer?, se regañó a sí misma. ¿Entrar en su habitación mientras ella se duchaba? Las perversiones sexuales eran los secretos más fáciles de descubrir. Andreas Samaras podía ser muchas cosas, pero nunca había oído rumores de que fuera un perverso.

Al parecer, apenas hacía vida social y cuando salía con alguna mujer siempre era discreto. Si hubiese algo extraño en su comportamiento, algo de lo que ella debiera preocuparse, habría oído rumores. Y los periodistas se enteraban de muchos rumores.

Estaba preocupándose tontamente y no debería.

O quizá sí. Porque mientras volvía a dejar las caras prendas en su sitio se dio cuenta de cuál era el auténtico problema: aquellas eran las prendas que un hombre le regalaría a una amante, no a una empleada.

Carrie despertó en una extraña y diminuta habitación minutos antes de que sonase el despertador en la mesilla. Alguien había puesto el despertador para ella, alguien a quien pronto conocería, pensó, una persona con quien tendría que fingir ser alguien que no era.

Mentir durante una investigación nunca le había provocado problemas de conciencia porque hasta ese momento siempre había sido trabajo de oficina y las oficinas eran sitios donde todo el mundo llevaba una máscara. Ella se había puesto la suya sin problemas y sin sentirse culpable, sabiendo que todo era por una buena causa.

Pero aquello era diferente. Aquella era la casa de Andreas.

Sabía que era la oportunidad perfecta, pero sentía como si hubiera traspasado una línea invisible.

«Andreas se lo merece», se dijo a sí misma, pensando en el demacrado cuerpo de Violet y en el responsable de su adicción. «Merece todo lo que le pase».

Tomó su teléfono y suspiró al ver que el mensaje a su editor aún no había sido enviado. Su habitación debía estar en un punto negro de la casa.

Después de una ducha rápida bajo un decepcionante hilillo de agua en su baño privado, solo mitigado por los caros y maravillosos productos de aseo, era hora de elegir un atuendo para ese día.

Carrie miró su nuevo vestuario por enésima vez y eligió un vestido azul oscuro con diminutos lunares. Era de una tela casi transparente, con unos tirantes finos, y caía hasta medio muslo, pero al menos le cubría el escote. Y debía admitir que era muy bonito.

Rebuscando en su bolso, encontró una cinta para el pelo y se hizo un moño suelto. No había llevado maquillaje y normalmente eso le daría igual ya que apenas se maquillaba, pero aquel día sentía que necesitaba algo de camuflaje.

Vestida, y sintiéndose algo más animada, abrió las cortinas y dejó escapar una exclamación.

La vista que la recibió parecía una postal.

Si hubiese abierto las cortinas por la noche habría visto que la habitación tenía un balcón privado. Salió al balcón, con el corazón acelerado, y dejó que el sol de la mañana acariciase su piel.

Cerró los ojos para saborear la sensación y luego volvió a abrirlos para mirar el maravilloso cielo sin una sola nube y el fabuloso océano de color azul turquesa que acariciaba una playa de suave arena blanca. A corta distancia había un islote lleno de palmeras al que casi podría llegar caminando. Un artista no podría haber pintado un paisaje más hermoso...

–Buenos días, Caroline.

La voz profunda y alegre la asustó de tal modo que tuvo que agarrarse a la barandilla antes de girar la cabeza.

Tan fascinada estaba con la vista que no había notado que el balcón conectaba las dos habitaciones.

Con el pelo mojado y llevando solo un pantalón corto bajo de cintura, Andreas se colocó a su lado.

–¿Qué te dije de la vista a la luz del día? Te deja sin aliento, ¿verdad?

Carrie volvió a mirar el mar mientras asentía con la cabeza.

–Es fabulosa.

Pero era el hombre que estaba a su lado quien la había

dejado sin aliento. Era más atlético de lo que parecía a primera vista. Tenía unos hombros anchos, musculosos sin exagerar y profundamente bronceados. Parecía mantenerse en forma nadando y disfrutando de la vida al aire libre, no levantando pesas en un gimnasio. No era un cuerpo esculpido por vanidad.

–¿Has dormido bien? –le preguntó él, apoyando los brazos en la barandilla.

Carrie inhaló profundamente mientras asentía con la cabeza, intensamente consciente de su penetrante mirada.

Y ella culpando al sueño por su inexplicable reacción ante aquel hombre...

–Bien, gracias.

–Me alegro. ¿Lista para empezar a trabajar?

Ella asintió de nuevo.

–Entonces, vamos a presentarte a los demás y, sobre todo, a desayunar. No sé tú, pero yo estoy muerto de hambre.

–Muy bien.

Carrie se dio la vuelta para entrar en la habitación.

–¿Caroline?

–¿Sí?

–¿Has olvidado el requisito más importante?

Ella frunció el ceño, intentando no mirar el fino vello oscuro que cubría su torso y descendía por su duro abdomen hasta perderse bajo la cinturilla del pantalón corto...

Andreas sacudió la cabeza en un gesto burlón.

–¿Dónde está la sonrisa?

–Aún está intentando despertar –respondió ella sin pensar.

La sonrisa de Andreas era tan amplia como para eclipsar el sol.

–Ah, veo que tienes sentido del humor. Y me alegro. Venga, vamos a desayunar.

Después de eso volvió a entrar en su habitación y Carrie estaba a punto de soltar una risita histérica cuando de repente lo vio todo con claridad.

Estaba allí.

Había conseguido el puesto.

Por fin podría llevar a cabo su investigación, con la que había soñado durante tres años, y lo último que quería era perder esa oportunidad siendo despedida antes de empezar.

Daba igual la extraña reacción que Andreas provocaba en ella, tenía que ignorarla y hacer su trabajo.

Él había dejado bien claros los requisitos del puesto: debía mostrarse alegre y atender todos sus caprichos. Y podía hacerlo. Haría lo que tuviese que hacer y tendría siempre una sonrisa en los labios. Se ganaría su confianza y descubriría los secretos ocultos de Andreas Samaras.

Y luego los haría públicos.

Y entonces, por fin, encontraría algo de paz. Violet habría sido vengada y los dos hombres que habían destrozado su vida habrían sido destruidos también.

Con ese alegre pensamiento, se apresuró a reunirse con él.

Habían servido el desayuno en la soleada veranda; un surtido de panes, bollería, frutas, verduras frescas y yogur.

–Yo tomo el café solo, sin azúcar –dijo Andreas mientras se sentaba a la mesa.

Le había contado la verdad sobre Carrie a Enrique y Sheryl, que se habían mostrado indignados al saber que una periodista de investigación estaba intentando infiltrarse en su vida. Los dos eran personas honradas y respetables y sabía que tendrían que hacer un esfuerzo para esconder sus sentimientos hacia ella.

Le gustaba pensar que también él era una persona

honrada, pero lidiar con los granujas y sinvergüenzas del mundo financiero le había enseñado cómo jugar a un juego que la gente de aquella isla nunca podría entender.

Carrie, de pie, le sirvió el café. Incluso lo sirvió con una sonrisa en los labios.

–Tomaré melón y yogur –anunció Andreas.

Ella tomó un cuenco y, sin dejar de sonreír, empezó a servir porciones de melón.

–Dígame cuándo debo parar.

Su actitud desde que la sorprendió en el balcón había cambiado considerablemente, y para mejor. Pero estaba seguro de que esa nueva y alegre disposición era falsa.

Notó que las manos de Carrie eran muy delgadas, las uñas largas y bien cuidadas. Ah, el primer error. Si mirase las manos de cualquiera de sus empleadas vería que ninguna de ellas llevaba las uñas largas y se daría cuenta de que eso la delataba. Era evidente que no había pasado su vida haciendo trabajos domésticos.

–Y ahora, cuatro cucharadas de yogur –le dijo con tono amable.

De nuevo, Carrie obedeció.

–¿Quiere algo más?

Aunque sintió la tentación de pedirle que le llevase la cuchara a la boca, solo para ver que la sonrisa desaparecía de sus labios, se contuvo.

–Eso es todo por el momento. Si necesito algo más, te lo diré.

Mientras comía, Andreas la miraba de forma abiertamente admirativa, algo que jamás haría con una empleada normal.

Era más bien bajita y el discreto vestido que había elegido mostraba unas piernas de modelo y unos pechos que nunca hubiera imaginado tan generosos en una mujer tan delgada. El sol de la mañana se reflejaba en su cara, destacando el tono rosado de su piel.

Carrie no necesitaba maquillaje porque era preciosa sin él.

Era una suerte que no fuese una empleada normal, pensó, sintiendo una presión en la entrepierna. Las relaciones jefe-empleada siempre terminaban en desastre y él había evitado cualquier cosa que pudiese dañar su negocio y su reputación. En el clima de hoy en día, donde volaban las acusaciones por acoso sexual, era demasiado consciente de su posición como para arriesgarse.

Pero allí, y en tan extrañas circunstancias, podía dejar de lado su ética personal. Carrie no era una empleada sino una serpiente. Una serpiente hermosa, atractiva e increíblemente sexy que quería destruirlo.

–¿No vas a sentarte? –le preguntó, sin dejar de comer. Ella frunció el ceño ligeramente, pero no dejó de sonreír–. ¿No piensas comer? No me gusta comer solo, *matia mou*. Mientras estemos aquí prefiero que comas conmigo, así que, por favor, siéntate, sírvete un café y come algo. Además, si comemos juntos te será más fácil atenderme.

–Cualquier cosa que haga su vida más fácil –dijo ella sin perder la sonrisa, aunque apretando los dientes disimuladamente–. Estoy aquí para servirle.

–Así es –asintió Andreas–. Y estás preciosa haciéndolo. ¿Te gustan los vestidos que han elegido para ti?

–Sí, gracias. Aunque... en fin, pensé que sería una ropa algo más práctica.

Pobre Carrie. Qué desconcertante debía haber sido para ella abrir el armario y descubrir que no había ningún uniforme bajo el que pudiera esconderse, ningún disfraz que la ayudase a colarse discretamente en las sombras de su vida.

–¿Ropa práctica en un paisaje tan precioso como este?

–Es muy generoso por su parte y me asombra que todo esto haya llegado aquí antes que nosotros.

–Es un servicio de internet que usa mi sobrina. Vino aquí a pasar las vacaciones de Navidad, pero le perdieron las maletas. Doce horas después, esa empresa le envió un nuevo vestuario de diseño –Andreas hizo un gesto compungido–. Francamente, me pregunté si Natalia habría perdido las maletas a propósito para renovar su armario.

Carrie intentó disimular una mueca cuando mencionó el nombre de su sobrina. Si Andreas no hubiera estado observándola tan detenidamente no se habría dado cuenta y le alegraba saber que estaba retorciéndose por dentro.

–En fin, ya que estamos hablando de ropa, tendrás que cambiarte cuando terminemos de desayunar.

–¿Por qué?

–En esta época del año la corriente aquí ès demasiado fuerte para nadar, pero hay una playa perfecta en la isla Tortue. Iremos en mi lancha, nadaremos un rato y así nos conoceremos mejor. ¿Suena bien?

Carrie tragó saliva mientras intentaba sonreír.

–Nada me gustaría más.

Capítulo 4

A CARRIE le dolían las mejillas por el esfuerzo de sonreír y temía que la patética y falsa mueca quedase para siempre grabada en su rostro. Solo quería alejarse del maníaco negrero griego durante cinco minutos para tener un respiro.

El día anterior le había parecido insufrible, pero no era nada comparado con lo que estaba teniendo que soportar desde esa mañana.

La isla Tortue era el diminuto y paradisiaco islote verde que había visto desde el balcón, a cinco minutos en lancha de la casa. Andreas la había llevado a una playa desierta rodeada de palmeras e inundada de sol, pero ahí terminaba el paraíso.

Había sido más fácil cuidar de Violet que de aquel niño grande. Prácticamente lo único que no había hecho por Andreas era secarlo con la toalla cuando se aburría de nadar.

Lo había abastecido de continuos refrescos, había abierto sus botellas de agua mineral, pelado su fruta, lo había abanicado cuando decidió que tenía calor, incluso le había leído aburridos artículos financieros en la tableta.

¡Y había tenido que hacerlo todo con una sonrisa en los labios!

Lo único que la animaba era imaginar la expresión de Andreas cuando descubriese su verdadera identidad. Había dicho que después de volver a Londres irían a

Frankfurt y Carrie estaba deseándolo porque sabía que en ambas casas tenía un despacho y estaba segura de que no tardaría mucho en descubrir sus secretos.

No podía soportar lo mimado y perezoso que era. Si alguien le hubiera dicho que al duro Andreas Samaras le gustaba que le pelasen las uvas como si fuera un emperador romano nunca lo habría creído. Había solicitado el puesto con bajas expectativas, pero aquello era demasiado. Evidentemente, Andreas adoraba que lo atendiesen como si fuera un niño, con una sonrisa de lobo casi constante en los labios.

Una vez que se aburrió de la isla volvieron a la península, donde Carrie siguió atendiéndolo mientras tomaba el sol y se bañaba en la piscina.

Nunca hubiera imaginado que a un hombre como Andreas le gustaría tomar el sol durante tanto tiempo.

Sus deberes en la piscina habían consistido en sentarse a su lado, abanicarlo e ir al bar para servirle refrescos. Luego había preparado su ropa para la cena y se había dado una ducha rápida antes de bajar al porche. Aparte de la ducha, no había tenido un solo minuto para sí misma. Mientras se ponía un vestido a toda prisa había mirado el móvil para ver si por fin tenía señal, pero nada, la señal no había aparecido por arte de magia y el mensaje para su editor seguía pendiente de ser enviado.

La cena que había preparado Brendan, una suculenta ensalada de gambas tigre seguida de un arroz con curry y coco debía ser deliciosa, pero no había sido capaz de disfrutarla porque Andreas, por supuesto, le había pedido que le pelase las gambas y la había tenido yendo y viniendo a la cocina como un yoyó.

No había hecho tanto ejercicio en muchos años.

–¿Caroline?

Entonces se dio cuenta de que mientras ella echaba

humo por las orejas Andreas estaba diciendo algo y volvió a esbozar una sonrisa.

«¿Qué quieres esta vez? ¿Otro cuenco de agua a temperatura óptima para lavarte los dedos? ¿Otra servilleta para secártelos o limpiarte la boca, a juego con las otras cinco que ya te he traído de la cocina?».

–Perdone, no he oído lo que ha dicho.

Andreas tomó un sorbo de vino y dejó la copa sobre la mesa.

–Estoy listo para irme a dormir....

«Ya era hora».

–... así que necesito que me prepares el baño y me abras la cama.

–¿Abrirle la cama? –repitió ella, sin saber a qué se refería.

Andreas arrugó la frente e inclinó a un lado la cabeza.

–¿Nunca has abierto una cama?

Intuyendo el peligro, Carrie escondió su aprensión bajo una falsa sonrisa.

–No es algo que me hayan pedido antes. Tal vez de otra manera... con otras palabras...

–Pensé que era un término universal –dijo él, con un brillo sugerente en los ojos–. Significa apartar el embozo de la cama para que pueda acostarme rápidamente.

–Ah, eso –murmuró Carrie con fingido alivio. Sí, esa era la clase de cosa que pediría un niñato mimado como él. Seguro que en climas más fríos exigiría que le calentase la cama personalmente.

–Sí, claro. ¿Alguna cosa más?

–Si se me ocurre algo más mientras me preparas el baño te lo diré.

«No tengo la menor duda».

Carrie se levantó.

–¿A qué temperatura le gusta el agua?

«¿Hirviendo o fría como el hielo?».

Tuvo que contenerse para no decirlo en voz alta.

Andreas esperó un momento antes de responder con una sonrisa en los labios:

–¿Por qué no la pones a la temperatura que a ti te gusta?

Vio que Carrie se ruborizaba antes de entrar en la casa y tuvo que hacer un esfuerzo para disimular su regocijo.

No recordaba cuándo había disfrutado tanto como aquel día.

Era como si hubiera nacido para atender todos sus caprichos. Su determinación de hacer bien el papel que había inventado para ella era exquisita.

Y las casi imperceptibles señales que delataban sus verdaderos sentimientos eran igualmente exquisitas. Cuando todo aquello terminase haría que le dieran un premio de interpretación.

Cuando todo aquello terminase...

Ese pensamiento borró la sonrisa de sus labios.

Tendría que poner fin a aquella charada más pronto que tarde, por divertido que fuese hacer el papel de playboy mimado; un papel que, a pesar de su fortuna, jamás había tenido inclinación de hacer. Con Carrie haciendo el papel de esclava, convertirse en un mimado playboy estaba siendo muy entretenido. Una pena que todo tuviese que terminar.

Debbie le había enviado un mensaje con noticias preocupantes y tenía que volver a Londres para controlar los daños. Fueran las que fueran las razones de Carrie para estar allí, había armado mucho revuelo.

Andreas se sirvió otra copa de vino. Aparte de afeitarse, era lo primero que hacía por sí mismo en todo el día, pensó, divertido.

Su graduación en la universidad había coincidido con el hundimiento del mundo de sus padres. Desde entonces, su vida había sido una continua serie de obligaciones: familia, trabajo, responsabilidades. Luego, cuando empezaba a ver la luz al final de un largo y oscuro túnel, su hermana y su cuñado habían muerto y, de repente, se había encontrado siendo el tutor de su sobrina adolescente. Natalia estudiaba en un internado en Londres cuando sus padres murieron y no había querido hacer más cambios en la vida de una niña que acababa de quedarse huérfana, de modo que trasladó su negocio desde Manhattan a Londres.

Natalia había sido su prioridad desde ese momento y nunca había lamentado nada de lo que había hecho por su familia, pero empezaba a darse cuenta de la carga que se había autoimpuesto. Había llevado ese peso sobre sus hombros la mayor parte de su vida adulta.

Natalia estaba terminando el primer año de universidad y el deseo de libertad que había sentido de joven estaba llamándolo de nuevo, más acuciante que nunca. Natalia era una adulta y, aunque seguía necesitándolo, ya no era como antes. Era joven, estudiaba mucho y disfrutaba de la vida, como debía ser.

Se había prometido a sí mismo que una vez que Natalia completase el primer año empezaría a vivir de nuevo porque ya no tenía que preocuparse por ser una buena influencia o un ejemplo a seguir. Podía disfrutar de su fortuna y aprovechar todo lo que la vida tenía que ofrecer, todo lo que se había negado a sí mismo durante tanto tiempo.

Su negocio, sin embargo, era un asunto diferente y juró protegerlo de la venenosa pluma de Carrie Rivers.

Tomó otro sorbo de vino, pensando que era una suerte que Carrie hubiera puesto sus ojos en él cuando tenía la libertad de hacer lo que tuviese que hacer para detenerla. Llevarla a las islas Seychelles hubiera sido impensable un año antes, cuando aún planeaba cada minuto de su vida pensando en Natalia.

Dejando la copa sobre la mesa, Andreas se levantó y estiró el cuello.

Le contaría la verdad por la mañana. Hasta entonces, pensaba aprovechar sus últimas horas de diversión con ella.

Carrie entró en el cuarto de baño de Andreas, encendió la luz y se detuvo de golpe al ver aquel palacio de mármol. La enorme ducha era más grande que su propio cuarto de baño, pero fue la enorme bañera redonda, tan opulenta como los baños de los emperadores romanos, lo que la dejó inmóvil. Media docena de personas cabrían allí y tendrían sitio de sobra.

Tardó un momento en entender cómo funcionaban los complicados grifos y ajustó el agua a la temperatura que le gustaba. Luego encontró sales de baño en un armario y echó una buena cantidad. Cuando la bañera estuvo llena de espuma se secó las manos y entró en el dormitorio.

El valor la abandonó por un momento. Había estado en la habitación varias veces ese día, pero era la primera vez que se acercaba a la cama.

Tomando aire, apartó el embozo intentando no pensar que la noche anterior esas sábanas habían cubierto el cuerpo desnudo de Andreas.

Porque dormía desnudo. Lo sabía por instinto y ese pensamiento hizo que su pelvis se contrajese dolorosamente.

«Has tomado demasiado sol», se dijo a sí misma.

Cuando empezó a ahuecar la almohada, el aroma de Andreas, que había quedado atrapado en el algodón egipcio, entró en su corriente sanguínea y su pulso se aceleró de tal modo que se sintió mareada.

–¿El baño está listo?

Carrie dio un respingo, mirando la almohada como si fuese a morderla.

Andreas estaba en el umbral de la puerta, con una irónica sonrisa en los labios.

¿Cuánto tiempo llevaba allí, mirándola?

–Sí, todo está listo.

Cómo había conseguido pronunciar esas palabras con el corazón a punto de salirse de su pecho, nunca lo sabría.

–Muy bien –Andreas entró en la habitación sin dejar de mirarla mientras se quitaba los gemelos.

Temiendo que fuese a desnudarse delante de ella, Carrie pasó a su lado, sin mirarlo.

–Me vendría bien un vaso de agua –dijo él cuando estaba a punto de salir–. ¿Te importa traérmelo, por favor?

«¿Por favor?». Era la primera vez que se mostraba tan atento.

Carrie salió a toda prisa de la habitación, pensando que había tomado demasiado sol aquel día y era por eso por lo que sentía aquel extraño calor en las venas. La joven ayudante de cocina estaba terminando de limpiar, un recordatorio de que pronto Andreas y ella estarían solos de nuevo...

Su corazón seguía latiendo de modo frenético mientras subía por la escalera con el vaso de agua.

La puerta del dormitorio estaba entreabierta y no veía a Andreas por ninguna parte, de modo que debía estar en el baño.

–He traído el vaso de agua –gritó–. ¿Quiere que lo deje sobre la mesilla?

–No, tráelo aquí.

Esperando haber oído mal, Carrie decidió confirmarlo.

–¿Quiere que entre?

–Eso he dicho.

Tomando aire de nuevo, Carrie entró al cuarto de baño, rezando para que no se hubiera quitado la ropa.

Una esperanza inútil.

Andreas estaba dentro de la enorme bañera, desnudo, el ancho torso directamente en su línea de visión.

Sabiendo que debía haberse puesto colorada, Carrie buscó un sitio donde dejar el vaso.

–Dámelo –le ordenó él.

Sin mirarlo, Carrie alargó el brazo hacia la bañera.

–No seas tímida, *matia mou*. Solo muerdo cuando me invitan a hacerlo.

Conteniendo el deseo de tirarle el agua a la cara, por fin Carrie puso un pie delante de otro. Mientras mirase la pared de azulejos detrás de él todo iría bien. Luego alargó el brazo para poner el vaso en su mano, con cuidado para que sus dedos no se rozasen, y dio un paso atrás.

–Le dejo para que disfrute del baño –murmuró.

–¿No vas a quedarte para hacerme compañía?

El corazón de Carrie dio un vuelco cuando sus ojos se encontraron. Estaba sin aliento, experimentando un extraño cosquilleo entre las piernas...

Era lógico que no pudiese respirar. Andreas la miraba de un modo... con un brillo en los ojos...

Aquel hombre tan atractivo la miraba como si fuera un manjar que quisiera devorar.

De repente, su imaginación se desmandó, creando imágenes de miembros desnudos y jadeantes suspiros...

Llevaba todo el día viendo a aquel hombre medio denudo en la playa. Había estado tan cerca como para tocarlo, pero había conseguido mantenerlo vestido en su mente, como los súbditos de *La fábula del rey desnudo*. Bloquear ese cuerpo medio desnudo había sido tan difícil como mantener la estúpida sonrisa en los labios y, sin embargo, lo había hecho. Pero, de repente, el velo que había puesto sobre sus ojos parecía haber sido arrancado y lo veía tan bronceado, tan viril que su parte más femenina respondía sin que pudiese evitarlo.

Y entonces vio algo en sus ojos, algo oscuro, taimado, y la rabia la sacó de ese extraño estado de hipnotismo, devolviéndola a la realidad.

Carrie tomó aire y consiguió esbozar una sonrisa.

–Es usted muy mayorcito –le dijo con falso tono risueño–. Seguro que puede soportar su propia compañía durante un rato.

Después de unos segundos de silencio Andreas esbozó una astuta sonrisa.

–Pensé que no mirarías.

¿Mirar?

De repente entendió a qué se refería y sus ojos, como por voluntad propia, se clavaron en las largas y musculosas piernas cubiertas de espuma, pero no lo suficiente como para no ver el oscuro vello entre sus muslos o su...

Rígida de sorpresa, parpadeó rápidamente antes de darse la vuelta. Pero por mucho que parpadease no podía librarse de esa imagen.

Nunca había visto a un hombre completamente desnudo de cerca y, aunque la espuma distorsionaba la imagen, no tenía que ser experta en los asuntos de la carne para saber que Andreas era un hombre proporcionado «por todas partes».

–Estaré en mi habitación si me necesita –murmuró, escapando a toda prisa.

Lo oyó reír mientras cerraba la puerta del baño.

Sola en su habitación, se dejó caer sobre la cama y se llevó las manos al corazón, respirando agitadamente.

Odiaba a Andreas, lo había odiado desde el momento que lo vio saliendo del despacho de la directora, cuando la miró como si fuese algo sucio que había pisado sin querer.

¡Aquel hombre había destrozado la vida de su hermana!

¿Cómo podía sentirse atraída por él? ¿Cómo era posible que su primer escalofrío de deseo fuera por un hombre que era su enemigo?

¿Y cómo era posible que él lo supiera? Lo había visto en esos ojos tan seductores...

Enterrando la cara en la almohada dejó escapar un grito sordo.

¿Cómo podía estar pensando esas cosas?

Demasiado sol.

Por supuesto, esa era la respuesta.

Había tomado más sol en un día que en los últimos tres años y eso había confundido a su cerebro, como la falta de sueño el día anterior.

Sintiéndose un poco más calmada, se tumbó en la estrecha cama, cerró los ojos y empezó a inhalar y exhalar despacio, como había aprendido a hacer mucho tiempo atrás, cuando su hermana empezó su descenso a los infiernos.

Un golpecito en la puerta despertó a Carrie del ligero sueño.

El reloj digital sobre la mesilla decía que era medianoche. Llevaba en la habitación menos de una hora.

–¿Caroline?

–Estoy despierta –se apresuró a responder, levantándose para abrir la puerta mientras se pasaba las manos por el vestido arrugado.

Andreas estaba al otro lado, con unos vaqueros gastados, el torso desnudo y una sonrisa en los labios.

–¿Estabas durmiendo? –le preguntó, arqueando una ceja.

–Dormitando –murmuró ella.

«Había olvidado que trabajar para ti significa dormir solo cuando tú das la orden».

–Muy bien. Me apetece una copa.

«Por supuesto que sí».

–¿Quiere que se la prepare?

Él hizo una mueca, como diciendo que para eso la había contratado.

–Deme un segundo para ponerme unas sandalias –murmuró Carrie.

–Quiero un whisky de malta, tres dedos y dos cubitos de hielo. Ah, y prepara otro para ti. Estaré en el porche –Andreas le hizo un guiño antes de darse la vuelta.

Tomando aire mientras por dentro lo maldecía, Carrie se puso unas sandalias de diseño doradas y bajó al cuarto de estar, donde había un bar bien surtido.

¿Cómo podía una persona normal soportar aquello?, se preguntó. Ningún salario, por alto que fuera, podía compensar estar a la entera disposición de Andreas Samaras.

Preparó el whisky exactamente como él le había pedido y se sirvió un vaso de limonada para ella. Por tentador que fuese el despliegue de licores, no quería una gota de alcohol en su sangre mientras lidiaba con aquel hombre tan complicado. No había querido tomar vino en la cena por la misma razón.

Luego llevó los vasos al porche y lo encontró leyendo algo en la pantalla de su móvil.

Pero ella seguía sin tener señal.

–Antes de sentarte, ve a mi vestidor y tráeme un bañador. Puede que decida nadar más tarde.

¿Más tarde? Ya era medianoche. ¿No pensaba dormir? ¿Tampoco ella podía dormir?

Entonces vio algo en sus ojos, un brillo burlón que inmediatamente despertó sus sospechas.

¿Estaría...?

¿Podría estar...?

¿Estaba Andreas jugando con ella?

Él le devolvió la mirada. El brillo de burla en sus ojos había desaparecido, pero tenía los labios apretados, como si intentase contener la risa. Y algo más oscuro acechaba en esos ojos castaños, algo que provocó su alarma.

Carrie dio un paso atrás, despacio, temiendo apartar los ojos de él.

Su trabajo le había enseñado la importancia de hacer caso al instinto y el instinto le decía alto y claro que allí ocurría algo raro y que un peligro invisible la acechaba.

Mientras subía por la escalera se dio cuenta de que había tenido esa sensación desde su entrevista con él, pero Andreas la había tenido tan ocupada desde entonces, corriendo de un lado para otro, que no había tenido tiempo de pensar.

Se detuvo antes de entrar en su habitación, mirando alrededor. Hasta entonces no había podido husmear porque siempre había alguien cerca.

Una vez dentro, miró los caros muebles sin saber bien qué estaba buscando. Solo era un dormitorio. Masculino y opulento, pero solo un dormitorio...

¿Qué demonios era *eso*?

Sobre la barra de las cortinas que cubrían el balcón, medio escondido, había un diminuto objeto redondo que parecía hacerle guiños.

Carrie había sido periodista de investigación el tiempo suficiente como para saber qué era lo que estaba mirando.

El diminuto objeto redondo era una cámara. Y estaba grabándola a ella.

Capítulo 5

ANDREAS tomó un sorbo de whisky mientras miraba a Carrie en la pantalla de su teléfono. Había visto un brillo de sospecha en sus ojos antes de volver al interior de la casa para atender su último capricho. El instinto hizo que encendiese el móvil y pinchase la aplicación de las cámaras para ver la transmisión de su dormitorio.

A juzgar por su expresión mientras miraba alrededor, como buscando algo, sospechaba que el instinto de Carrie también había despertado.

Después de unos minutos, su expresión cambió de repente y, con el ceño fruncido, se dirigió hacia el balcón.

Y entonces lo miró directamente.

Sus bonitos labios formaron una perfecta O cuando se dio cuenta de lo que era.

Entonces tomó una silla y se subió a ella para arrancar la cámara que había instalado en la barra de las cortinas. La imagen desapareció y Andreas tuvo que esperar unos segundos mientras buscaba alguna de las otras cámaras. Para entonces Carrie había encontrado la que estaba escondida en la televisión. Haciendo un gesto de ira, murmuró una palabrota antes de arrancarla y luego fue por toda la habitación, arrancando las cuatro cámaras ocultas hasta que la conexión se cortó.

Andreas tomó otro sobro de whisky y se preparó

para la tormenta que lo esperaba, respirando profundamente para calmar los pesados latidos de su corazón.

Iba a ocurrir antes de lo que había anticipado, pero era hora de revelar la verdad.

No tuvo que esperar mucho.

Las puertas del porche se abrieron y Carrie se dirigió hacia él hecha una furia. Cuando llegó a la mesa le quitó el vaso de la mano y echó dentro las diminutas cámaras.

Estaba tan furiosa que parecía a punto de darle un puñetazo.

–¿Por qué no te sientas? –sugirió Andreas, con una frialdad que no sentía.

En muchos sentidos, era mejor contar la verdad en ese momento, cuando estaban solos, sin testigos.

–Lo sabes, ¿no? –le preguntó ella, tuteándolo por primera vez.

–¿Que eres la periodista de investigación Carrie Rivers? –Andreas cruzó las piernas–. Sí, *matia mou*, sé muy bien quién eres. Lo he sabido desde el principio.

–Entonces, ¿todo esto ha sido un juego?

Él esbozó una sonrisa.

–Y qué juego ha sido. Has hecho el papel de maravilla. Serías una sirvienta excelente...

Ella se movió tan rápidamente que Andreas no pudo reaccionar cuando le tiró el vaso de limonada a la cara.

Carrie, con el corazón pesado, el estómago hecho un nudo y luchando para encontrar aliento, no sintió la menor satisfacción al ver el frío líquido empapando su cara y su pelo.

Andreas ni siquiera había dado un respingo.

Y lo más odioso era que estuviese ahí, inmóvil, tan fresco como un pepino, con la limonada rodando por su rostro mientras ella ni siquiera podía controlar su respiración.

Pero entonces sus ojos se encontraron y se dio cuenta de que no estaba tan poco afectado como parecía. Tenía la mandíbula tensa y sus ojos eran más oscuros que nunca, cargados de ese odio que siempre había intuido, pero tontamente había decidido ignorar.

Sabía que había algo raro en eso de tener que atenderlo a cuerpo de rey, pero estaba demasiado concentrada en el premio final como para pensar en ello detenidamente. Además, debía admitir con dolorosa humillación, había estado demasiado ocupada lidiando con su reacción ante él como para prestar atención a la señales de peligro.

No había hecho caso a su instinto.

Todo había sido un juego y ella había caído en la trampa.

Se había infiltrado en su vida para hundirlo, pero él le había dado la vuelta a la situación y había jugado con ella como un gato con un ratón.

Lenta y deliberadamente, Andreas se limpió la empapada cara con una servilleta, sin dejar de mirarla.

–Creo que es hora de que me digas quién eres en realidad, Carrie Rivers. Pero antes de empezar, dime cuál es tu verdadero nombre. ¿Eres Carrie o Caroline? ¿O prefieres que te llame «víbora mentirosa»?

–Yo no soy la víbora –replicó ella, con voz temblorosa–. ¿Cuántas cámaras están espiándome?

–Suficientes como para controlar cada uno de tus movimientos si hiciera falta.

–¿Me has espiado mientras dormía? ¿Mientras...? –Carrie sintió un escalofrío.

–No hay cámaras en tu habitación ni en los baños. Al contrario que tú, yo tengo límites.

–¿Límites? –gritó Carrie–. ¡Me hiciste llevarte un vaso de agua mientras estabas en la bañera!

–¿Y no te gustó mirarme? –se burló él–. Pero ahora responde mi pregunta: ¿cuál es tu verdadero nombre?

Carrie irguió la espalda y empezó a hablar con aparente calma:

–Mi nombre legal es Caroline Fiona Dunwoody, exactamente lo que dice en mi pasaporte. Todo el mundo me conoce como Carrie Rivers desde que mi madre volvió a casarse cuando yo tenía cuatro años, pero nunca me cambié el apellido legalmente. Y siempre me han llamado Carrie.

–Muy bien, Caroline Dunwoody Rivers, ¿por qué estas investigándome?

Ella se puso en jarras, en un gesto retador.

–No voy a responder a esa pregunta.

–Claro que sí –la contradijo él–. Te prometo que para cuando salga el sol me habrás contado todo lo que quiero saber –Andreas se echó hacia delante–. Eres una periodista laureada y te has especializado en sacar a la luz las prácticas ilegales de hombres de negocios multimillonarios. Imagino que todo esto ha sido orquestado por tu periódico, pero las investigaciones no empiezan por capricho y quiero saber de quién fue la iniciativa. Quiero saberlo todo.

Su tono era aparentemente razonable, pero Carrie sabía que estaba furioso.

¿Por qué no había hecho caso a su instinto cuando le dijo que saliera corriendo de su despacho?

¿Y cómo iba a responder a esas preguntas sin hundirse aún más en el agujero en el que ella misma se había metido?

Cuando permaneció callada, Andreas dejó escapar un suspiro.

–Caroline...

–Carrie.

–Da igual. Lo que me importa es descubrir la verdad y no vamos a ir a ningún sitio hasta que reciba respuestas. Me has mentido y ahora me debes la verdad.

Ella puso las manos sobre la mesa, fulminándolo con la mirada.

–No te debo nada y tú también has mentido. No tenías que seguirme la corriente. Podrías habérmelo dicho en la entrevista.

–¿Para qué volvieras al periódico y no pudiera enterarme de lo que está pasando?

–¿Pero por qué convertirme en tu sirvienta? ¿Para qué ha servido eso?

–¿De verdad tienes que preguntar? Tú querías hacerme daño, ¿no? A cambio, yo decidí hacerte sufrir una pequeña humillación. Y no lo he pasado mejor en muchos años –Andreas se puso serio de repente–. Alguien intenta destruirme y no sé si es un rival, un empleado descontento o es un vendetta personal por tu parte... porque tú y yo tenemos una historia, ¿verdad, Carrie Rivers, hermana de Violet?

El gesto de Carrie ante la mención de su hermana fue el factor decisivo para Andreas.

La intuición no le había fallado. Para Carrie, aquello era algo personal.

–Quédate aquí –le ordenó mientras se levantaba–. Creo que necesitamos una copa.

–Yo no quiero nada.

–Pero yo sí. Y cuando vuelva tendrás que contármelo todo porque te prometo que no nos iremos de aquí hasta que lo hagas.

La dejó en el porche, pálida de rabia, y entró en el bar para tomar una botella de whisky, uno fuerte porque era lo que necesitaba en ese momento.

Tomando dos vasos, volvió al porche, esperando que Carrie siguiera obstinadamente de pie, pero se había sentado y lo fulminaba con la mirada.

Después de sentarse, sirvió dos generosos vasos de whisky y empujó uno hacia ella.

–Puedes tirármelo a la cara, pero eso no cambiará nada.

Ella tomó el vaso para oler el contenido, haciendo una mueca.

–Huele asqueroso.

–Entonces no te lo bebas.

Carrie tomó un sorbo y puso cara de asco.

–Sabe aún peor.

Pero eso no impidió que tomase otro sorbo.

Andreas se echó hacia atrás en la silla, viendo cómo echaba fuego por los ojos. En realidad, eso le daba cierta majestad a su bello rostro.

Fueran cuales fueran sus motivos para intentar destruirlo, Carrie pensaba que era ella quien tenía la razón. Pues iba a llevarse una decepción.

–Muy bien, vamos a establecer hechos para empezar. El periódico para el que trabajas tiene una gran reputación. Cuando publica un artículo, el resto de los medios se hacen eco. Rara vez ha sido denunciado por libelo, de modo que sus fuentes son fidedignas. Es un periódico serio que no publica cotilleos infundados y tu editor, o quien te haya encargado la investigación, debía tener pruebas para pensar que merecía la pena investigarme. ¿Cuáles son esas pruebas?

Bajando la mirada, Carrie tomó otro sobro del whisky que decía detestar.

–¿Las pruebas? –repitió él, impaciente.

–Había rumores.

–¿Rumores sobre qué?

–Decían que estabas malversando fondos de tus clientes.

–Qué tontería. ¿De dónde han salido esos rumores? Porque te aseguro que es mentira. Yo invierto el dinero de mis clientes con el mismo cuidado que si fuera mío. Te desafío a encontrar uno solo que diga otra cosa.

Ella intentó esconder su expresión culpable tomando otro sorbo de whisky, pero era demasiado tarde. Lo había visto.

–No existen tales rumores, ¿verdad? ¿Qué has hecho, decirle a tu editor que tenías un chivatazo creíble sobre mí que merecía la pena ser investigado? –Andreas respiró profundamente, intentando contener su ira cuando ella no respondió–. Venga, Carrie. Estamos solos. Los dos hemos jugado, pero ahora es el momento de parar. Sé sincera y admite la verdad. Le contaste un montón de mentiras sobre mí, ¿verdad?

Carrie tenía un nudo en el pecho y apenas podía respirar.

¿Los dos habían estado jugando? Aquello nunca había sido un juego para ella. Se trataba de la vida de su hermana, que Andreas había destruido.

Todo lo que había hecho, los riesgos que había corrido, las mentiras que había contado, todo había sido por Violet y tenía que enfrentarse con la realidad: no había servido para nada.

Él la había descubierto antes de que pusiera un pie en su despacho y los secretos que escondía seguirían ocultos para siempre. Nunca podría contar la verdad sobre Andreas Samaras y Violet no habría sido reivindicada.

Llevando oxígeno a sus pulmones, lo miró directamente a los ojos.

–Sí.

–¿Sí?

–Sí, todo era mentira. Le dije a mi editor que había recibido un chivatazo de una fuente creíble según la cual estabas malversando fondos de tus clientes y él me creyó.

–¿Y autorizó una investigación fiándose solo de tu palabra?

–Llevo tres años soñando con hundirte y cuando llegó el momento no iba a dejarte escapar –respondió

Carrie, echándose hacia delante para hacerle notar todo su odio–. Créeme, puedo ser muy convincente.

–¿Llevas tres años planeando esto? –Andreas sacudió la cabeza–. Imagino que tiene algo que ver con la loca de tu hermana, ¿no?

–No hables así de Violet.

–No sé en qué clase de mujer se ha convertido, pero no te engañes a ti misma sobre lo que era hace tres años. Violet era un desastre.

La rabia consumía a Carrie de tal modo que tardó lo que le pareció una eternidad en responder. Cuando por fin pudo hablar las palabras salieron atropelladas, tres años de dolor y rabia brotando como un torrente.

–Sí, Violet era un desastre, ¿y sabes por qué? Porque tú dejaste que tu amigo, el traficante, la sedujera en tu propia casa y la introdujese en el mundo de la droga. Entre tú y el canalla de tu amigo habéis destrozado la vida de mi hermana, así que estás en lo cierto, la razón de todo esto es Violet. Tenía que encontrar las pruebas que necesitaba para denunciarte como el monstruo que eres y destrozar la imagen limpia con la que llevas años engañando a todo el mundo.

–¿De qué demonios estás hablando?

Andreas la miraba con incredulidad e indignación. Había sospechado que sus motivos eran personales, que estaba furiosa con él por la expulsión de su hermana, pero pensó que había aprovechado para investigar cuando encontró la oportunidad, no la que hubiese creado ella misma.

Aunque era un alivio saber que no había ningún rival intentando ensuciar su nombre, ni un problema en su empresa que él desconocía, se le heló la sangre en las venas al descubrir que durante los últimos tres años una peligrosa enemiga había esperado pacientemente el momento de arruinarle la vida.

–¡Como si no lo supieras! –poniendo las manos sobre la mesa, Carrie se levantó como un ave fénix resurgiendo de sus cenizas–. James Thomas. Violet le conoció cuando estaba en tu casa, bajo tu cuidado. ¿Qué adolescente no se emocionaría si un hombre rico y guapo la llenase de atenciones? El canalla se acostó con ella por primera vez el día que cumplió dieciséis años. ¡Él tenía treinta y seis! Tuvieron una aventura durante seis meses y durante ese tiempo la introdujo en las drogas y en todo tipo de perversiones. Y luego la dejó plantada. Cuando ella se negó a aceptarlo, Thomas amenazó con destrozar su vida. Cinco días después encontraron drogas en su habitación y fue expulsada del colegio, su vida destruida como James Thomas había prometido. ¡*Tú* instigaste el registro de su habitación, tú, su amigo, no te atrevas a negarlo! Tú le contaste a la directora que Violet y Natalia habían tomado drogas y le pediste que registrasen las habitaciones. Qué asombrosa coincidencia que solo encontrasen drogas en la de Violet y que solo ella fuera expulsada. Tu sobrina, por supuesto, se fue de rositas.

Andreas tomó aire, pasando de la rabia al horror. Estaba furioso por las acusaciones, pero también disgustado al pensar que Carrie, cualquiera en realidad, pudiese creerlo capaz de ocultar tal depravación.

–Voy a dejar algo bien claro –empezó a decir–. James Thomas no es amigo mío y no lo ha sido nunca. Yo no sabía nada de esto.

–Ya, seguro –dijo ella, desdeñosa.

–Ten cuidado, *matia mou*. Sé que estás muy agitada ahora mismo, pero si haces falsas acusaciones contra mí pienso defenderme. James Thomas fue a mi casa una vez, hace años, con un grupo de posibles inversores para una cena de trabajo. No volvimos a vernos porque desde el primer momento me cayó mal y me negué a hacer negocios con él. No recuerdo que Violet estuviera en casa ese fin de semana, pero acepto que pudiera ser así. En cualquier caso, yo no sabía nada sobre una aventura entre ellos.

–¿Si no estabas compinchado con él por qué hiciste que expulsaran a Violet del colegio?

–Porque volví a casa una noche y encontré a Violet y Natalia drogadas y borrachas. Fue el fin de semana anterior a su expulsión. ¿No te acuerdas? Porque yo me acuerdo muy bien. Es un fin de semana que nunca olvidaré.

La rabia empezaba a convertirse en desconcierto.

–¿Las pillaste tomando drogas?

–Pensé que estaban borrachas, luego supe que habían estado tomando drogas.

–¿Y no me dijiste nada?

–Iba a llamarte por la mañana, pero entonces ocurrió algo que lo cambió todo. Después de decirles lo disgustado que estaba por su comportamiento las envié a la cama para que se les pasara la borrachera. Una hora después, Violet entró en mi dormitorio... desnuda.

–Mentiroso.

–Yo no miento. En su estado, tu hermana pensó que si me seducía no se lo contaría a la directora del colegio... ni a ti, probablemente. Había escondido marihuana y cocaína en la mesilla de su habitación y sabía que si había un registro lo descubrirían y sería expulsada. Ya había sido advertida varias veces por su mal comportamiento, como tú sabes muy bien.

Carrie parecía a punto de vomitar.

Y sería peor si le contase que Violet había intentado meterse en su cama o el sucio lenguaje que había usado para seducirlo. No quería ni imaginar qué clase de películas habría visto para encontrar excitantes esas palabrotas.

–Te ahorraré los detalles, pero Violet se puso histérica cuando la rechacé. El ruido despertó a Natalia, que intentó calmarla y recibió una bofetada como recompensa. Si tu hermana no hubiera sido una cría la habría echado de una patada, pero esperé hasta la mañana siguiente y la envié de vuelta a tu casa en un taxi –Andreas hizo una pausa–. Tienes razón, yo influí en su expulsión y no voy a disculparme por ello. Natalia me confesó por la mañana que Violet llevaba meses tomando drogas. Estaba arrastrando a mi sobrina a un mundo del que no sabía cómo salir, por eso llamé al colegio, para protegerla. No estoy compinchado con James Thomas. Yo desprecio a ese hombre.

Carrie estaba pálida.

–¿Por qué no me lo contaste? Si Violet intentó seducirte... si algo de eso es verdad... –sus ojos se encontraron, la censura mezclándose con el desconcierto.

–Prefería que fuesen los responsables del colegio quienes te contasen lo que tu hermana estaba haciendo.

–¿Los responsables del colegio? La directora no nos dio ni cinco minutos de su tiempo. Solo nos dijo que habían encontrado drogas entre las cosas de Violet y que estaba expulsada. Nos echó así, de repente –Carrie chascó los dedos–. Deberías haberme llamado en cuanto lo descubriste. Yo era su tutora, debería haberlo sabido.

Intentando contener el sentimiento de culpa, Andreas se levantó para mirarla a los ojos.

–Después de lo que pasó no quería volver a saber nada de ella. Y si quieres que sea sincero, pensé que había aprendido esos trucos de ti...

En el último momento vio la mano de Carrie volar hacia él y, por suerte, consiguió sujetarla un segundo antes de que conectase con su cara.

Capítulo 6

SIN SOLTAR su muñeca, Andreas miró los furiosos ojos pardos.

–Deja que termine. Entonces pensé que había aprendido esos trucos de su hermana mayor... fue un error y te pido disculpas por ello. Estaba más furioso que nunca y terriblemente preocupado por mi sobrina. Natalia me contó por la mañana que Violet llevaba meses acostándose con unos y con otros... ¿qué habrías hecho tú en mi lugar? ¿Qué habrías hecho si Natalia hubiese arrastrado a Violet al mundo de las drogas?

Carrie había dejado de luchar y, por un momento, la rabia fue remplazada por la tristeza.

–Si hubiera sido al revés te habría llamado inmediatamente. Violet necesitaba ayuda, no reprobación. Si me lo hubieras contado entonces... –Carrie suspiró, desinflada–. Seguramente no habría cambiado nada porque el daño ya estaba hecho. Violet se había acostado con unos y con otros, pensando ingenuamente que así pondría celoso a James. Estaba desesperada por volver con él y era incapaz de aceptar que todo había terminado. Él la había obligado a mantenerlo en secreto, así que no podía contárselo a nadie... la pobre estaba como hechizada. Yo me enteré de la verdad después de la expulsión.

Recordando el horror y la desesperación que había experimentado cuando Violet le hizo esa confesión, Carrie se sentía tan culpable como entonces. Debería haber sabido que su hermana pequeña tenía una aventura con un hombre adulto, rico y lo bastante mayor como para ser su padre. Un canalla que la había introducido en el mundo de las drogas.

Notó entonces que Andreas había aflojado la presión en su muñeca y se soltó de un tirón, dando un paso atrás. No quería su compasión.

A pesar de la rabia y el odio que sentía por él, había una básica atracción que no podía controlar. Sentía un cosquilleo en la mano y su corazón latía acelerado.

No debía dejar que aquel hombre la afectase de ese modo, pero ni siquiera tenía que tocarla para provocar una reacción.

Un momento antes había estado a punto de darle una bofetada. Ella, que nunca había pegado a nadie en toda su vida. Esa violencia la aterrorizaba.

Cuando habló, hizo lo posible por mantener un tono calmado.

–¿Por qué me dijo Violet que tú le habías tendido una trampa si no era cierto? Insistía en ello. La llevé a casa después de esa horrible reunión en el colegio con la bruja de la directora y me juró que tú habías puesto las drogas en su habitación. Fue entonces cuando me lo contó todo sobre James Thomas.

–¿Por venganza? –apuntó él, dejando escapar un suspiro–. ¿Por haberla rechazado? ¿Por informar al colegio, por decirle que no era bienvenida en mi casa nunca más, por exigirle que se alejase de Natalia?

–Sí, supongo que tiene sentido –admitió ella pesadamente–. Violet te odia tanto como a James Thomas.

Andreas tomó aire. Lamentaba que Violet hubiera sido utilizada por aquel monstruo, pero que Carrie lo hubiese creído igualmente corrupto e inmoral, que hubiera usado su trabajo como periodista para intentar vengarse por algo de lo que era inocente...

–Nos habríamos ahorrado muchos problemas si me hubieras hablado de esas acusaciones.

–Mentira o verdad, tú las habrías negado y yo no te hubiera creído.

–Natalia te lo habría confirmado.

–Natalia te adora y diría lo que tú le pidieses que dijera.

–¿Estás diciendo que no me crees? –exclamó Andreas, incrédulo.

–No sé qué creer y después de esto tendría que estar loca para confiar en ti. Francamente, no confío en nadie y menos en los hombres ricos y poderosos acostumbrados a someter y pisotear a cualquiera que se ponga en su camino. Y tú eres uno de los más ricos y poderosos del mundo.

Después de decir eso le dio la espalda y se dirigió hacia el muro de piedra que separaba el jardín de la playa. Se apoyó en él, levantando la cara hacia las estrellas, y Andreas tuvo que tragar saliva. A la luz de la luna parecía tan etérea, tan frágil, que se le encogía el corazón.

Quería tocarla, tomarla por los hombros y exigir que le contase la verdad.

Llegó a ella en cuatro zancadas.

–Tú sabes perfectamente que estoy diciendo la verdad –empezó a decir, poniendo una mano en su hombro–. Lo he visto en tus ojos, tu hermana mintió sobre mí. Lo sabes igual que yo.

Carrie se puso rígida.

–Soy periodista. Solo me fío de las pruebas.

–Mentiste para infiltrarte en mi vida –le recordó él–. ¿Qué pruebas tenías contra mí?

–Me infiltré en tu vida con la esperanza de descubrir algo, pero ya da igual, ¿no? Estás a salvo. Me has descubierto y los esqueletos que guardes en el armario son intocables. Tú seguirás adelante con tu vida y yo volveré a Londres e intentaré olvidar todo esto. Al menos tengo el consuelo de haber conseguido que James pague por sus delitos. Y ahora, aparta tus manos de mí.

Aunque estaba de espaldas, notaba su ardiente mirada quemándola.

Él apartó la mano como le había pedido y solo entonces pudo respirar. Pero entonces Andreas inclinó la cabeza para hablarle al oído, su cálido aliento haciéndola temblar.

–Ah, *matia mou*, ¿crees que todo ha terminado y voy a dejarte marchar?

Carrie cerró los ojos, aunque eso no servía de nada. Su cálido aliento acariciaba su cuello, haciendo que sintiera escalofríos.

¿Cómo podía seguir reaccionando así? Dijera o no la verdad sobre su relación con James y su papel en la expulsión de Violet, y si creía eso tendría que creer que su hermana le había mentido, Andreas había jugado con ella como si fuera un títere.

Apretando los puños, se volvió para mirarlo a los ojos.

–Dijiste que no podría irme de aquí hasta que te contase la verdad y ya te la he contado.

Andreas clavó los ojos en ella, hipnotizándola.

–Dije que no podrías irte hasta que me contases la verdad, es cierto. Pero no dije que te irías sin mí. He frustrado tu intento de infiltrarte en mi vida y mi negocio, pero tus compañeros del periódico, algunos de los periodistas más influyentes y respetados del mundo, piensan que soy un delincuente. Ya hay rumores circulando sobre mí y tú has provocado eso, *matia mou*. Tú has provocado esas sospechas.

El corazón de Carrie latía con tal fuerza que tuvo que hacer un esfuerzo para responder:

–Les diré que todo ha sido un error.

–Pero sigues pensando que soy un corrupto. Y, aunque te creyese, eso no sería suficiente. Las dudas seguirían ahí y mi negocio sería escudriñado atentamente...

–Si no tienes nada que esconder no debes preocuparte.

–Ojalá fuera tan sencillo –Andreas hizo una mueca y, por fin, se apartó de ella para volver al porche.

Carrie se pasó una mano por los brazos, sintiendo frío al quedarse sola.

–Solo harían falta un par de preguntas indiscretas para crear dudas –siguió Andreas, tomando la botella de whisky–. Mis clientes invierten su dinero conmigo porque confían en mí. Confían en mi ética profesional, en la reputación que he cultivado durante años. Esa es la razón por la que rechacé hacer negocios con James, no confiaba en su ética. Una vez que esa confianza se pone en duda las repercusiones podrían ser desastrosas, algo que sé por la amarga experiencia de mis padres. Y no estoy dispuesto a correr ese riesgo ni con mi negocio ni con mi reputación –añadió, mientras llenaba su vaso–. Solo una cosa liquidará las sospechas de tus colegas y las de cualquiera que sepa que has estado investigándome. Tendrás que casarte conmigo.

Ella lo miró, atónita.

Tenía que estar jugando de nuevo...

–Es la única solución –siguió él–. Tú eres una periodista respetada y te pones siempre del lado de los más indefensos. Si te casas conmigo, las dudas sobre Gestión de Fondos Samaras quedarán despejadas por completo.

La idea de casarse con ella se le había ocurrido en el avión; un plan que, sinceramente, había esperado no tener que llevar a cabo. Pero la malversación de fondos era una acusación demasiado grave como para dejarla pasar. Tenía que acallar los rumores antes de que corriesen como la pólvora.

–Es lo más estúpido que he oído en toda mi vida –replicó ella.

Andreas tomó un trago de whisky, disfrutando de la quemazón en su garganta.

–O te casas conmigo o enviaré una copia de tu confesión al propietario del periódico, a mi abogado y a la policía. No sé cuántos delitos has cometido en estos días, pero desde luego has quebrantado tu ética profesional. Cásate conmigo o tu carrera habrá terminado. Incluso podrías terminar en la cárcel.

–¿Qué confesión? Yo no he firmado nada.

Lenta, deliberadamente, Andreas sacó el móvil del bolsillo, donde lo había guardado cuando ella descubrió las cámaras ocultas.

–No –murmuró Carrie.

–Sí –asintió él–. He grabado cada palabra.

Para demostrarlo, pulso un botón y Carrie escuchó su propia voz...

«Lo sabes, ¿no?».

«¿Que eres la periodista de investigación Carrie Rivers? Sí, *matia mou*, sé muy bien quién eres. Lo he sabido desde el principio».

–¡Serás canalla! –Carrie llegó a su lado tan rápidamente como si hubiera volado–. Dame ese teléfono.

–Ni lo sueñes –Andreas dejó de grabar y volvió a guardar el móvil en el bolsillo–. Si estás pensando en robármelo, te advierto que hace una copia automáticamente y esa copia va al ordenador central. Pero puedes intentarlo –añadió, levantándose.

El brillo en los ojos de Carrie podría helar la lava de un volcán.

–No puedo creer que seas tan traicionero.

Él se encogió de hombros, sin dejarse conmover.

–Tú eres periodista de investigación y el engaño es una segunda naturaleza para ti, como has demostrado estos días. Tu intención era destruirme, de modo que me reservo el derecho de protegerme como sea necesario. En estas circunstancias, yo diría que estoy siendo generoso. Voy a darte la oportunidad de salvar tu carrera, tu libertad y tu privacidad. Y no olvidemos la reputación de tu periódico. Ah, y a tu hermana.

–No metas a mi hermana en esto.

–¿Cómo voy a dejarla fuera? Está en la grabación. Todo lo que hemos hablado ha quedado grabado y si alguien decidiera ser indiscreto... ¿cuánto tiempo crees que tardarían las revistas de cotilleo en publicarlo? Lo único que tienes que hacer, *matia mou*, es casarte conmigo... digamos durante seis meses. Sí, creo que será tiempo suficiente. Dame seis meses de matrimonio y luego destruiré la grabación y todas las copias.

–¡No puedes esperar que te regale seis meses de mi vida!

Él la miró con cara de pena.

–Deberías haberlo pensado cuando organizaste esta vendetta contra mí. Yo soy una persona decente, leal a mi familia y a mis amigos. No engaño ni en la vida ni el amor, pero no soy un hombre al que se pueda enojar, *matia mou*. Tú me has enojado y ahora debes asumir las consecuencias.

Carrie dejó caer los hombros en un gesto de derrota antes de sentarse de nuevo en la silla.

–¿Una copa? –sugirió Andreas, sentándose a su lado y estirando las piernas.

Ella negó con la cabeza.

–No puedes querer que me case contigo.

–No tengo el menor deseo de casarme y mucho menos con una víbora venenosa como tú.

–Entonces no lo hagas.

–Haré lo que sea necesario para proteger mi negocio y mi reputación –replicó él–. Llevo casi quince años esperando tener libertad para hacer lo que me dé la gana, pero puedo esperar otros seis meses. Y, además, creo que estar casado contigo podría ser divertido.

–Será un infierno. Yo me encargaré de que lo sea.

Él rio.

–Seguro que sí, *matia mou*, pero vas a casarte conmigo de todas formas. Mi primo se casa la semana que viene y tú serás mi acompañante. Entonces anunciaremos el compromiso.

–¿Qué?

–Nos casaremos a finales de mes. Cuanto antes lo hagamos, antes podremos separarnos y volver a nuestra vida normal.

–Nadie lo creerá –dijo ella, intentando contener los nervios–. Yo no quiero casarme y menos con un hombre rico, todo el mundo sabe eso.

–Has dejado muy claro lo que piensas sobre los hombres ricos, sí –comentó él, burlón–. Incluso podrían acusarte de tener prejuicios contra nosotros.

–Los tengo.

–Entonces tendrás que convencer a todo el mundo de que te has enamorado de mí y has cambiado de opinión –Andreas alargó una mano para tocar su pelo, pero ella la apartó de un manotazo.

–No puedo fingir que me he enamorado de ti. Te odio, odio todo lo que representas.

–Me parece bien porque yo también te odio, pero tal vez por eso será más divertido.

–¿Divertido? –gritó Carrie–. ¡Te has vuelto loco!

–No, loco no. Soy un hombre práctico. Puedo enfadarme por tu vendetta contra mí, que podría haber destruido todo lo que llevo toda mi vida levantando, o puedo darle la vuelta a la situación y disfrutar sabiendo que la mujer que podría haberme hecho tanto daño ha perdido la batalla. Pórtate como quieras cuando estemos solos, pero tendrás que hacer creer a todo el mundo que estás locamente enamorada de mí porque si oigo algún rumor haré públicas tus deshonestas e ilegales actividades y el nombre de tu hermana se verá arrastrado por el lodo. Haz lo que te pido y nuestras reputaciones seguirán intactas.

Carrie lanzó sobre él una mirada torva.

–¿Cómo voy a creer que destruirás la grabación?

–Es un riesgo que tendrás que asumir, pero te aseguro que yo soy un hombre de palabra y si cumples tu parte del trato yo cumpliré la mía –Andreas pasó un dedo sobre la satinada piel de su mejilla y sintió que contenía el aliento antes de levantar la mano para darle otro manotazo. Pero él la sujetó y se la puso sobre el pecho–. No finjas que no te gusta que te toque, *matia mou*. Nos sentimos atraídos el uno por el otro y vamos a vivir juntos durante varios meses. ¿Para qué fingir? ¿Por qué negar esta atracción?

Carrie lo miró con los labios apretados.

–Sufres lo que yo llamo «el delirio de los hombres ricos».

Él se llevó su mano a los labios y besó la punta de sus dedos.

–¿Ah, sí? ¿Y en qué consiste?

–Es un síndrome que solo sufren los hombres muy ricos –respondió ella con un tono susurrante, seductor–. Los hace creer que son irresistibles. Tú te crees irresistible, ¿verdad? El dinero actúa como un imán para algunas mujeres y, en tu arrogancia, crees que todas se sienten atraídas por ti. No te entra en la cabeza que una mujer puede mirarte sin querer quitarse las bragas.

Carrie se levantó de la silla y le dio un condescendiente cachetito en la mejilla.

Y *Theos*, cómo disfrutó Andreas el roce de sus dedos. La caricia provocó una lluvia de chispas por todo su cuerpo, calentándolo como un horno.

–Yo no te deseo –susurró Carrie, inclinándose para hablarle al oído. Sus labios estaban tan cerca que si hacía un movimiento súbito la besaría–. Si te deseara no sería capaz de hacer esto...

Los jugosos labios que había mirado durante horas, imaginando cómo sabrían, rozaron los suyos en el susurro de beso.

Por un momento, Andreas no hizo nada. Cerró los ojos y saboreó el que quizá podría ser el momento más erótico de su vida.

Sus labios se rozaban, pero sin unirse y todos sus sentidos despertaron a la vida.

Justo en ese momento, cuando sintió que Carrie perdía el valor, la tomó por la cintura y tiró de ella para sentarla sobre sus rodillas. Ella dejó escapar un gemido y Andreas aprovechó para deslizar la lengua en su boca. Sus labios eran tan suaves, el calor de su cuerpo tan sensual que su sangre rugía, enardecida.

Carrie tomó su cabeza entre las manos y le devolvió el beso mientras se apretaba contra su torso, como si se hubieran convertido en una sola entidad.

Parecían hechos el uno para el otro, pensó mientras acariciaba su estómago, sintiendo que ella gemía de placer. Luego deslizó la mano hacia sus pechos y los acarició por encima de la tela del vestido, pero antes de que pudiera seguir tocándola ella se apartó.

Sin soltar su cabeza, jadeando, lo miró con expresión confusa antes de levantarse. Nerviosa, se pasó las manos por el pelo y se alisó el vestido.

Andreas tomó aire, pero el dolor en su entrepierna hacía que le costase respirar y no se atrevía a hablar. El único sonido en el porche eran sus pesadas respiraciones.

Cuando Carrie lo miró de nuevo parecía haber recuperado la compostura. Y lo habría engañado si su voz no sonase tan ronca.

–¿Lo ves? Si te desease, no habría sido capaz de apartarme.

Luego se dio la vuelta y se dirigió hacia el interior de la casa, con la cabeza bien alta, la espalda magníficamente estirada. Solo un minúsculo traspié demostró que estaba tan afectada como él por lo que acababa de pasar.

–La próxima vez, *matia mou* –la llamó Andreas con voz ronca– no serás capaz de alejarte.

Ella no miró hacia atrás.

–No habrá una próxima vez.

–¿Quieres apostar?

Carrie no respondió y, un momento después, desapareció en el interior de la casa.

Capítulo 7

CARRIE estaba vestida y despierta en la estrecha cama, regañándose a sí misma por no haber buscado otra habitación, lo más lejos posible de la de Andreas. Si no temiese encontrarse con él en el pasillo lo haría en ese momento. No tenía que quedarse allí y Andreas no iba a despedirla.

Despedirla... al pensar eso se le escapó una risita que contuvo inmediatamente.

¿El sol que había tomado esos días la había vuelto loca?

Era una buena explicación para justificar su comportamiento.

Veinte minutos después de meterse en la cama y aún no había sido capaz de entender qué la había poseído para jugar con fuego de ese modo.

Había querido demostrarle algo, no sabía qué, y borrar esa sonrisa satisfecha de sus labios, pero había ido demasiado lejos.

Su roce la había quemado. Aún podía sentir la huella de sus labios en los suyos y tenía que hacer un esfuerzo para no tocarlos con un dedo. Aún podía sentir los contornos de su cuerpo y experimentaba una desazón que no había sentido nunca.

Había tenido que hacer un gran esfuerzo para apartarse porque su cuerpo le pedía que se quedara.

Su primer beso.

Carrie apretó los dientes, deseando estar en un sitio

donde pudiera gritar de frustración. No debería estar reviviendo el beso sino intentando encontrar la forma de escapar de aquella trampa.

¡Casarse con él!

Y Andreas hablaba en serio.

Violet era su as bajo la manga. Si solo fuera su futuro lo que estuviese en juego lo mandaría al infierno. Había estado dispuesta a perder su trabajo y su libertad antes de embarcarse en aquella investigación, pero esa grabación lo había cambiado todo. Andreas era una persona muy conocida y esa grabación sería dinamita para la prensa. Si se negaba a casarse con él, Andreas enviaría personalmente una copia de la grabación a todas las revistas y el mundo entero sabría de la aventura de Violet con James Thomas, creería que había intentado seducir a Andreas siendo una adolescente...

Carrie cerró los ojos con fuerza, intentando controlar el pánico. Nadie debía escuchar nunca esa grabación. Violet era demasiado frágil como para lidiar con algo así y no quería que tuviese una excusa para volver a la sórdida adicción que había estado a punto de matarla.

Un rayo de luz se filtró entre las pesadas cortinas. Estaba empezando a amanecer. ¿Para qué iba a cambiarse de habitación?, se preguntó, con los ojos llenos de lágrimas. Tendrían que vivir bajo el mismo techo durante seis meses.

Estaba atrapada.

Andreas salió al porche y respiró el aire salado, intentando apartar las telarañas del sueño.

Irse a la cama después de que saliera el sol le había parecido lo más seguro antes de acercarse demasiado a Carrie.

Había soñado con ella; unos sueños ardientes, tan lascivos y turbadores como eróticos. Él nunca recordaba los sueños, pero aquellos habían sido tan vívidos.

Sonrió al recordar el tropezón que había dado cuando intentaba alejarse de él. Su aparente despreocupación no había engañado a ninguno de los dos.

Carrie lo deseaba. Había percibido su deseo en el calor de sus besos, en el ardor de su piel.

¿De verdad pensaba que podría resistirse a la atracción que había entre ellos durante seis meses de matrimonio?

Apenas la conocía, pero sabía, como sabía su propio nombre, que intentaría resistirse con todas sus fuerzas.

Era algo más que obstinación. Cuando estaba convencida de algo hacía falta una excavadora para apartarla del camino. Su dedicación y su valentía eran admirables. Se había infiltrado en empresas de hombres todopoderosos para demostrar que eran corruptos corriendo un gran riesgo.

Y luego estaba el inquebrantable apoyo a su hermana y su obstinada negativa a aceptar la verdad sobre lo que había pasado tres años antes. Aunque en el fondo sabía que estaba diciendo la verdad.

Lo había creído amigo de un monstruo y ese pensamiento lo ponía de mal humor. Carrie lo había creído capaz de tenderle una trampa a una cría, de darle drogas. Pensaba que era capaz de pisotear a cualquiera para conseguir lo que quería.

Había muchos hombres en su círculo que se portaban así, convencidos de que su dinero y su posición les daba derecho a hacer lo que les venía en gana. Y, en general, tenían razón. La sociedad miraba para otro lado a menos que hubiese pruebas irrefutables, como las que aportaba una tenaz periodista como Carrie, antes de condenarlos.

Y ella creía que era igual que esos hombres. Creía que se había dejado seducir por el dinero y había vendido su alma.

Andreas respiró profundamente, intentando sacudirse la rabia del cuerpo.

Su padre se había aferrado a la rabia contra los rivales que habían usado tan crueles tácticas para destrozar su negocio y eso lo había llevado al hospital.

Lidiar con la causa de esa rabia, castigar a los responsables y seguir adelante, ese era el lema de Andreas.

Carrie se había agarrado a su odio por él durante tres años. Había esperado el momento oportuno, después de conseguir que James Thomas fuese condenado, y había decidido que era el momento de ir a por él.

Se sentía satisfecho por haber desbaratado sus planes. Casarse con ella aseguraría que su negocio y su reputación seguirían intactos. ¿Y qué eran seis meses? Como le había dicho a ella, llevaba quince años esperando su libertad, de modo que unos meses más no importaban nada.

Al menos esos meses serían memorables. Había planeado toda su vida desde que se marchó de Gaios para dar comienzo a su aventura americana: estudiar sin descanso en la universidad y luego trabajar y trabajar hasta que levantase su imperio. Y más tarde, después de haber disfrutado de todo lo que la vida tenía que ofrecer, encontrar a una mujer con la que sentar la cabeza.

De esos tres objetivos, solo había conseguido el primero y miraba sus años de universidad con nostalgia porque en cuanto terminó la carrera descubrió que sus padres estaban en la ruina...

Un movimiento tras él hizo que se diera la vuelta. Un empleado había aparecido con la bandeja de desayuno.

–¿Has visto a Carrie? –le preguntó.

–No la he visto. ¿Quiere que vaya a buscarla?

–No, no te preocupes.

No podía haber ido muy lejos. Solo había un coche en la casa y una sola carretera que llevase a la península. Si hubiera sacado el coche del garaje alguien la habría oído.

Estaba sirviéndose un café cuando vio una figura paseando por la playa y el nudo que tenía en el pecho empezó a aflojarse.

–Buenos días, *matia mou* –la saludó cuando llegó al porche–. ¿Has desayunando?

Ella negó con la cabeza, sus ojos escondidos tras unas gafas de sol. Ya empezaba a hacer calor, pero Carrie llevaba el atuendo con el que apareció en la entrevista, un jersey de cachemir y un pantalón gris que se había enrollado hasta la rodilla. Llevaba los pies descalzos, unas sandalias en la mano.

–¿Café? –le preguntó.

Carrie asintió con la cabeza mientras se dejaba caer sobre una silla, lo más lejos posible de él.

–Qué sorpresa. Sabes servirte el café.

–Ahora que mi subordinada ha sido ascendida a prometida, he pensado que sería buena idea volver a hacer las cosas que siempre hago por mí mismo. Por cierto, nunca he esperado que una empleada me abanicase ni me pelase la fruta, no soy ningún idiota.

Después de servir el café, añadió unas gotas de leche y una cucharada de azúcar y empujó la taza hacia ella.

–Gracias –murmuró Carrie–. ¿Sabes cómo tomo el café?

–Presto atención a todo, *matia mou*, especialmente a ti.

Ella se apartó el pelo de la cara y lo retorció para hacerse un moño.

–¿Tienes calor? Tal vez deberías cambiarte de ropa.

–Ahora que ya no soy tu sirvienta puedo ponerme lo que quiera y lo que quiero es ropa que no deje mi cuerpo al descubierto –respondió ella, tomando la taza con las dos manos.

–¿Temes volverme loco de deseo? He conseguido no tocarte desde que llegamos aquí y has mostrado mucha piel –replicó Andreas mientras cortaba un panecillo–. Después de todo, fuiste tú quien inició el beso. ¿Tienes que cubrirte para resistirte a mis encantos?

Los nudillos que sujetaban la taza se volvieron blancos.

–Te besé para demostrar que no sentía nada.

–No, no es verdad. Si había tenido alguna duda de que me deseabas, tu beso la despejó.

–El hecho de que me alejase después demuestra que no sentí nada.

–En mi opinión, lo único que demostró es que dominas el arte de caminar –respondió él, abriendo un panecillo–. Pero estoy dispuesto a ser utilizado por ti cuando quieras para demostrar que no me deseas. A cualquier hora del día o de la noche.

Carrie intentó disimular el temblor de sus manos mientras se llevaba la taza a los labios, pero no dejaba de recordar los besos...

Después de tres horas de sueño había despertado anhelando el calor de su cuerpo, recordando todas sus palabras, sus caricias...

Nerviosa, saltó de la cama y buscó su propia ropa, que había sido lavada y planchada por algún empleado, y se la puso como una armadura. Luego había salido a dar un paseo por la playa, intentando calmar su agitación y aclarar sus ideas. No había servido de nada. Podría cubrirse de la cabeza a los pies y seguiría sintiéndose desnuda delante de él. Podría caminar durante mil kilómetros y su estómago seguiría dando un vuelco cuando miraba esos penetrantes ojos de color castaño claro.

Y él parecía saberlo.

Intentó mantener la compostura, una tarea difícil cuando sentía como si estuviera en una sauna, pero tendría que hacerlo. Andreas tenía un as en la manga que le permitía controlar su vida, pero no permitiría que controlase sus sentimientos.

–No necesito demostrarte nada.

–Tienes seis meses para convencerte a ti misma de eso. Por el momento, deberías comer algo. Nos iremos dentro de unas horas.

–¿Dónde vamos?

–De vuelta a Londres.

«Gracias a Dios».

Todo sería más fácil cuando estuvieran en Londres, donde el frío, la lluvia y el cemento le resultaban más familiares que el cielo azul y las palmeras.

Londres era su hogar, su territorio.

–¿Qué ha sido de tus vacaciones? –le preguntó, intentando disimular su alivio.

–Tenemos que empezar a organizarlo todo, *matia mou*. Hay que preparar una boda.

–Dijiste que no anunciaríamos nuestro compromiso hasta la boda de tu primo.

–Y así es, pero tenemos que organizar la nuestra y tú tienes que volver al trabajo para informar a tus colegas de que el chivatazo que recibiste sobre mí era infundado y estás tan convencida de mi inocencia que te has enamorado locamente de mí.

Ella soltó un bufido y él una carcajada.

–Fingir que estás locamente enamorada de mí no será un problema para una actriz consumada como tú

–Andreas se levantó y estiró al espalda–. Voy a nadar un rato en la piscina antes de irnos. ¿Te apetece quitarte esa ropa que te hace sentir tan incómoda y nadar conmigo?

–No se me ocurre nada menos tentador.

Riendo, Andreas se quitó la camiseta y Carrie apartó la mirada para no ver el sol brillando en su bronceado y viril torso. Hasta ella llegaba el aroma de su colonia y sintió un cosquilleo entre las piernas al recordar cuánto le había gustado que la estrechase contra ese torso...

Tragando saliva, apretó los puños mientras intentaba disimular.

Andreas miró los labios que había besado tan apasionadamente antes de dejar la camiseta sobre el respaldo de la silla.

–¿Estás segura de que no puedo tentarte?

–Muy segura –respondió Carrie.

Pero le gustaría que su tono sonase más convincente.

Con los ojos brillantes, Andreas se inclinó para decirle al oído:

–Tu boca dice una cosa, *matia mou*, pero tus ojos dicen otra diferente. No sé a cuál creer.

El roce de su cálido aliento en el cuello la hizo temblar, pero por suerte se alejó casi inmediatamente.

–Espero que no sufras un corte de digestión –le gritó–. Sería horrible que te ahogases justo antes de casarnos.

Él giró la cabeza, sin dejar de caminar y sin perder pie.

–Pero entonces tú tendrías que devolverme a la vida con un beso, así que no me importa.

Luego le hizo un guiño y se dio la vuelta.

Carrie se llevó una mano al pecho mientras miraba las musculosas piernas masculinas alejándose de ella.

Una vez que desapareció de su vista tuvo que hacer un esfuerzo para respirar de nuevo.

Todo sería diferente cuando estuviese de vuelta en casa, pensó.

Tenía que ser así.

Capítulo 8

DOS MUJERES salieron por las puertas giratorias del periódico. La mayor de ellas fue la primera en verlo, apoyado en un Bentley negro, y enseguida le hizo un gesto a Carrie en su dirección. Andreas la saludó con la mano e incluso a distancia pudo ver que se ponía colorada mientras le devolvía el saludo. Luego usó la misma mano para apartar un mechón de pelo de su cara y alisar el abrigo. La mujer que iba con ella sonrió mientras la observaba atusándose inconscientemente para él.

Carrie se despidió de la mujer y se dirigió hacia él con la barbilla levantada, apretando la correa del bolso contra su pecho.

–Qué agradable sorpresa –dijo cuando llegó a su lado, en voz alta para que la oyesen los compañeros que salían del edificio en dirección a la estación del metro. La inflexión de sorpresa en su tono era un golpe maestro.

Andreas llevaba veinte minutos esperando y al menos una docena de empleados del *Daily Times* se habían quedado sorprendidos al verlo en la puerta del periódico.

Esbozó una sonrisa al mirar el rostro que había consumido sus pensamientos durante todo el día. El viento volvió a levantar el mechón de pelo que ella había atusado un segundo antes y Andreas alargó una mano para colocarlo detrás de su oreja.

–He estado pensando en ti –murmuró, encantado al ver la reacción que provocaban sus palabras.

Había soñado con ella de nuevo y Carrie fue lo primero en lo que pensó cuando abrió los ojos esa mañana. A la hora del almuerzo estaba mirando el reloj cada cinco minutos, esperando la hora del encuentro. Se decía a sí mismo que ese anhelo de volver a verla era debido a su impaciencia por poner las cosas en marcha. Deseaba a Carrie, pero más que nada deseaba proteger su negocio de las mentiras que les había contado a sus colegas.

–¿Ah, sí?

–Y esperaba que me dejases invitarte a cenar.

Ella tragó saliva.

–Pues... me parece buena idea.

–Estupendo. ¿Puedo llevarte a casa?

–Si no se aleja de tu camino...

–Me daría igual si así fuera –Andreas sonrió mientras le abría la puerta del coche.

En cuanto cerró, el semblante de Carrie cambió por completo. Estaba rígida a su lado, con las rodillas juntas, las manos sobre el regazo.

Cuando el conductor arrancó le dijo con tono seco:

–Ha debido ser muy duro para ti tener que preguntar amablemente en lugar de darme órdenes.

–Ha sido una pesadilla, sí. Estoy acostumbrado a que la gente salte cuando yo lo ordeno –replicó Andreas, burlón–. ¿Qué tal ha ido el día?

Carrie apoyó la cabeza en el respaldo del asiento y cerró los ojos.

–Hemos tenido una reunión sobre ti. Les he dicho que el chivatazo que había recibido era un error y que la persona que me lo dio no responde a mis llamadas.

–¿Y lo han creído?

–Por supuesto. Esperaré unos días y luego diré que me he visto con él y me ha confesado que se lo inventó todo por dinero.

–¿Eso suena plausible? –Andreas la observaba atentamente para saber si estaba mintiendo.

–A veces ocurre. No somos una revista de cotilleos, publicamos historias importantes que a menudo son de interés nacional.

–¿Y no querrán hablar con tu fuente?

–Las fuentes son sagradas. Nunca las revelamos sin tener permiso, ni siquiera unos a otros.

Carrie movió los hombros para aliviar la tensión. Sus colegas parecían haber creído su historia, pero el sentimiento de culpa la ahogaba.

Le producía náuseas pensar en todas las mentiras que había contado a sus colegas. Cuando se embarcó en aquella venganza estaba convencida de su culpabilidad y tan furiosa por lo que le había hecho a su hermana que había desoído a su conciencia. Estaba mintiendo a sus colegas por segunda vez ¿pero qué otra cosa podía hacer? Si no lo hacía, todo el mundo sabría la historia de Violet y no se recuperaría por segunda vez. Su hermana volvería a tomar drogas y entonces...

–¿Cómo has explicado que descubriese tan pronto tu verdadera identidad? –le preguntó él.

Carrie estaba a punto de ponerse a gritar. Llevaba un día sin verlo, pero había aparecido en sus pensamientos continuamente. Era como si lo hubiese llevado a la oficina con ella. La mañana dedicada a hablar de él, la tarde respondiendo a las preguntas de sus compañeras sobre cómo era en realidad Andreas Samaras, si era tan guapo como en las fotografías...

Ella se ponía colorada y... era insoportable. Toda la oficina pensaba que estaba cautivada por Andreas Samaras.

Él estaría encantado si lo supiera, pero por supuesto no iba a contárselo.

–Les he dicho que tu secretaria tenía dudas sobre mis referencias, pero que cuando descubristeis que eran falsas yo ya estaba convencida de tu inocencia. Exactamente como habíamos acordado.

Él apoyó la cabeza en el respaldo del asiento.

–No te ha gustado tener que mentirle a tus colegas, ¿verdad?

¿Cómo podía entenderla tan bien? Apenas la conocía.

–Lo detesto. Mentir durante una investigación no me molesta porque debo reunir las pruebas que necesito para sacar a la luz prácticas corruptas o ilegales, pero esto es diferente –respondió Carrie, volviéndose para mirarlo–. Tú sabes que solo hago esto para proteger a mi hermana, ¿verdad? Si solo estuviera en juego mi futuro dejaría que me echases a los lobos.

Él levantó una mano para acariciar su mejilla con el pulgar.

–Violet tiene suerte de inspirar tal devoción.

Carrie agarró su mano con intención de apartarla, pero en lugar de hacerlo enredó los dedos con los suyos.

–¿Tenemos que hacer esto... casarnos? –le preguntó, por impulso–. Mis colegas creen que cometí un error y los he convencido de que no hay nada que investigar.

–Se tarda muchos años en cultivar una buena reputación, pero unos simples rumores pueden arruinarla en cuestión de minutos. ¿Sabes lo que pasó con el negocio de mis padres?

Ella negó con la cabeza.

–Tenían una empresa de taxis marítimos. ¿Sabes lo que es?

–Supongo que como una empresa de taxis normal, pero sobre el agua.

Él asintió. Estaba tan cerca que podía sentir el calor de su aliento.

Una vocecita le advirtió que se apartase y, con cuidado, recuperó su mano, pero sus ojos...

No debería mirarlo a los ojos.

Era como si pudiesen hipnotizarla.

–Llevaban a turistas de una parte de la isla a otra. También tenían barcos más grandes que alquilaban a empresas de recreo y se ganaban muy bien la vida –empezó a contarle Andreas–. Cuando yo estaba en el último año de universidad, apareció una empresa rival. Eran unos desalmados que sabotearon la flota de mis padres. Uno de sus barcos se hundió misteriosamente y es un milagro que ninguno de los pasajeros perdiese la vida. Luego empezaron a correr rumores de que contrataban a pederastas... ¿te imaginas el impacto que tendría eso en una pequeña isla? La gente dejó de usar los taxis, las empresas de recreo dejaron de contratar sus barcos... en unos meses, el negocio en el que habían volcado todo su vida estaba en la ruina.

Carrie sintió un escalofrío.

–Eso es terrible. ¿Y qué hicieron?

Andreas torció el gesto.

–Intentaron defenderse, pero carecían de recursos porque se habían gastado todos sus ahorros en pagarme la carrera. Yo había conseguido una beca, pero tenían que pagarme el alojamiento, los viajes a Grecia durante las vacaciones y muchas cosas más. Si hubiera sabido que su situación económica era tan precaria habría trabajado más horas... –Andreas sacudió la cabeza, mirando la pantalla que los separaba del conductor–. No fui a casa ese último año porque tenía muchas cosas que hacer... los estudios, las chicas, las fiestas. Estaba demasiado ocupado como para preocuparme por mi familia y no sabía lo que estaba pasando porque ellos no querían preocuparme e hicieron prometer a mi hermana que no me contaría nada. Lo descubrí cuando terminé la carrera y volví a Grecia.

–¿Habrías podido hacer algo de haberlo sabido?

Él apretó los dientes antes de responder:

–Podría haber intentado asustar a sus rivales o, al menos, compartir la carga con ellos. Desde entonces ayudé todo lo que pude... trabajé sin descanso para poder mantenerlos y pagar a los abogados. Teníamos que demostrar que esas acusaciones eran falsas y que habían saboteado la empresa de mis padres a propósito. Tardamos cuatro años en conseguirlo, pero al final esos sinvergüenzas fueron a la cárcel.

–Me alegro –dijo Carrie con vehemencia.

Él se volvió para mirarla con una sonrisa en sus labios.

–Debería haber imaginado que lo que le pasó a mis padres te indignaría. Lo tuyo es una cruzada contra la injusticia, ¿no?

–Me sorprende no saber nada de todo eso –dijo Carrie, mirándolo con gesto compungido–. Creía haberte investigado concienzudamente, pero al parecer no es así.

–Mi nombre no salió en los periódicos porque todo ocurrió antes de que fuese conocido.

–¿Y cómo están tus padres ahora?

–Bien, gracias a Dios, pero tardaron mucho tiempo en recuperarse. Aquello no solo afectó a su economía sino a todo lo demás. Su reputación quedó destrozada y los amigos, los vecinos, la gente que los conocía de siempre, todos les dieron la espalda. Cuando fuimos a los tribunales por fin lo que más les importaba era restaurar su buena reputación. Era muy amargo para ellos tener que aceptar que la gente los había creído capaces de tales horrores. Desde entonces, mi madre ha estado luchando con diferentes tipos de cáncer y mi padre ha sido operado del corazón varias veces. La muerte de Tanya fue el golpe final para ellos.

–Lo siento –murmuró Carrie. Se le encogía el corazón por el sufrimiento de una pareja a la que nunca había conocido.

Y Andreas había perdido a su hermana.

Carrie entendía ese dolor. Su madre había muerto siete años antes, pero a veces la pena se apoderaba de ella cuando escuchaba una canción en la radio, o por el olor de un champú. Tantas cosas hacían que la recordase.

¿Cuántas cosas harían que Andreas recordase a su difunta hermana?

Cuando tomó su mano para llevársela a los labios no intentó apartarla.

–Es muy fácil destruir una reputación o un negocio –dijo en voz baja mientras rozaba sus dedos con los labios–. Y yo no voy a arriesgarme a creer que todo está solucionado. Los rumores sobre malversación podrían causar un daño irreparable a mi empresa y casarme contigo, la mujer que ha dado lugar a esas habladurías, es la única manera de quedarme tranquilo.

Carrie desearía acariciar esas duras y viriles facciones...

–Ya hemos llegado.

–¿Qué?

–Estamos en tu casa, hemos llegado. ¿Vas a invitarme a entrar?

Volviendo a la realidad, Carrie intentó abrir la puerta del coche, pero no era capaz. Por fin, lo hizo el conductor y prácticamente se lanzó de cabeza. La fría llovizna fue un alivio para su rostro sofocado.

–¿Carrie?

Ella tomó aire antes de mirarlo.

–¿Sí?

Sus ojos brillaban de burla, como si supiera por qué estaba tan agitada.

Y seguramente lo sabía. Parecía capaz de leerla como un libro abierto.

–Mañana iremos a reservar el día y la hora de la ceremonia.

Carrie se encogió de hombros, fingiendo una despreocupación que no sentía.

–Muy bien.

–Y tienes que pedir días libres en el periódico.

–No puedo casarme contigo si estoy en la oficina –replicó ella, irónica.

Andreas sonrió.

–Me refiero a la boda de mi primo. Se casa en Agon, una isla cerca de Creta. Iremos este fin de semana.

–Pero nosotros no vamos a casarnos hasta dentro de quince días.

–Podemos pasar la semana anterior allí. Yo ya estoy aburrido de la lluvia.

–No puedo pedir una semana libre así, de repente –insistió ella. Había pensado que durante esas semanas estaría en Londres, en su territorio, donde se sentía a salvo.

No estaba a salvo en el asiento del coche, a su lado, y la fría lluvia inglesa había demostrado no ser una barrera contra su atracción por él.

–Diles que voy a darte una entrevista exclusiva –sugirió Andreas. Estaba sonriendo, pero en sus ojos había un brillo de acero que decía: «harás lo que te pido o no hay trato».

La tenía en sus manos y lo sabía.

–Muy bien, pero tendrás que darme una entrevista exclusiva de verdad.

Sus ojos brillaron con algo más que regocijo.

–Hay muchas cosas exclusivas que tengo intención de darte, *matia mou*. La entrevista es solo una de ellas.

Las sugerentes palabras quedaron colgadas en el aire durante lo que le pareció una eternidad.

–De acuerdo, pediré una semana libre.

–Estupendo. Vendré a buscarte en un par de horas.

–¿Para qué?

–Voy a invitarte a cenar, *matia mou* –la sonrisa de Andreas se volvió traviesa–. A menos que quieras invitarme a entrar en tu casa y cocinar para mí.

–El infierno se congelará antes de que vuelva a levantar un dedo por ti.

Él sacudió la cabeza, riendo.

–Es curioso cómo tu boca dice una cosa, pero tus ojos y tu cuerpo dicen todo lo contrario.

Con gran regocijo, Carrie cerró la puerta del coche en su cara. Luego entró en su casa y se apoyó en la puerta, intentando respirar.

Estar en terreno conocido no había cambiado nada.

Aunque llevaba diez minutos esperando, el sonido del timbre hizo que Carrie diese un respingo.

Se miró al espejo por última vez y respiró profundamente mientras bajaba al primer piso para tomar el abrigo de la percha. Después de cinco días en Londres era hora de volver a sacar el pasaporte.

Andreas esperaba frente a la puerta, con un elegante traje azul marino, una camisa blanca y esa perversa sonrisa de lobo en los labios.

–Buenos días, *matia mou*. Estás tan guapa como siempre.

Ella puso los ojos en blanco.

–Déjate de tonterías, nadie puede oírte.

Durante los últimos cinco días habían tenido cuatro

«citas», todas en restaurantes donde acampaban los paparazzi. Como era un hombre que siempre había sido discreto con su vida privada, los reporteros respondían ante su presencia como si fuera Santa Claus.

Carrie siempre había ocultado su rostro, como cualquier periodista que trabajase de incógnito, pero todo había sido para nada. Que el multimillonario griego Andreas Samaras estuviera saliendo con la respetada periodista Carrie Rivers había generado más atención de la que ella esperaba.

–No es una tontería, es la verdad. Eres preciosa.

Carrie tragó saliva. Mientras cenaban juntos, Andreas le hacía preguntas sobre su trabajo, sus intereses. Charlaban como lo haría una pareja normal.

Le había sorprendido lo fácil que era. Había esperado que se sintieran incómodos, pero resultaba muy fácil hablar con Andreas porque era ingenioso y tenía un gran sentido del humor.

A veces incluso olvidaba por qué estaban allí, por qué lo odiaba. Tenía que hacer un esfuerzo para reconciliar a ese Andreas con el hombre al que había soñado destruir durante tres años. Había una extraña química entre ellos que le impedía pensar con claridad y siempre se negaba a beber alcohol durante esas cenas porque tenía que estar a la defensiva.

–¿Has hecho la maleta?

–Por supuesto, está en la cocina. Espera un momento...

–Deja, yo iré a buscarla –la interrumpió él, mirando alrededor para buscar la cocina–. Quiero que leas unos documentos antes de irnos.

Carrie no pudo evitar una carcajada. Hasta ese momento no lo había dejado entrar en su casa. Era su territorio, su santuario, el único sitio en el que se sentía a salvo de las salvajes emociones que Andreas provocaba en ella.

Pero solo había estado retrasando lo inevitable y, francamente, le sorprendía haber podido evitarlo durante tanto tiempo. Andreas había demostrado ser como una apisonadora cuando quería algo. Incluso en el Registro Civil, cuando fueron a reservar fecha para la boda, había conseguido que la secretaria se acomodase a sus deseos para la fecha y la hora exacta que él quería.

Carrie lo siguió por el pasillo, respirando el aroma de su colonia, pensando que jamás podría volver a su casa sin pensar en él.

Qué tontería. ¿Cómo podía saber eso?

«No te pongas melodramática» se regañó a sí misma cuando entró en la cocina.

–La casa parece más pequeña por fuera y está en un sitio estupendo –comentó él–. Imagino que no sería barata.

–La compró mi padrastro, pero cuesta una fortuna mantenerla.

Estaba frente a Hyde Park, pero de niña el valor económico de la casa no había significado nada para ella. Solo recordaba los días de sol, cuando iban de merienda al parque y se sentaba sobre las rodillas de su madre mientras ella les leía cuentos. O cuando enseñó a Violet a hacer la carretilla. O el día que se le cayó un helado e intentó no llorar para demostrar que era una adulta y Violet, tan regordeta, tan linda con sus coletas, corrió a su lado diciendo:

«Comete el mío, Cawwie».

Tuvo que hacer un esfuerzo para apartar los agridulces recuerdos antes de que le rompieran el corazón.

Había hablado con Violet el día anterior, una conversación tan forzada como siempre, y no se había atrevido a preguntar si le había mentido sobre Andreas.

No preguntó porque temía no creerla aunque la repuesta de Violet fuese negativa.

–Vivo aquí desde los cuatro años –le contó, con el corazón encogido como le pasaba siempre que recordaba su infancia–. Mi padrastro la compró cuando se casó con mi madre y mi hermana y yo la heredamos cuando ella murió–. ¿Dónde están los papeles que querías que viera?

Él sacó un sobre del bolsillo de la chaqueta.

–Es un borrador del acuerdo de separación de bienes.

–¿Qué? Ah, bueno, lo entiendo. Tienes que protegerte.

–Cualquiera en mi situación intentaría protegerse, pero no soy un tacaño y cuando termine nuestro acuerdo recibirás una cantidad de dinero...

–No quiero tu dinero –lo interrumpió ella.

Andreas miró su precioso rostro. ¿Había conocido a alguien más obstinado en toda su vida?

Le había regalado la ropa de diseño que había encargado para ella a una de las hijas de Sheryl, que tenía la misma talla. Lo sabía porque Sheryl había llamado para contárselo, no porque Carrie se lo hubiera dicho.

No debería sorprenderlo, pero le había dolido, como le dolía su negativa a tomar el sobre y leer el contenido. Carrie prefería morirse de calor antes que ponerse algo que él le hubiera comprado; prefería tener problemas para pagar las facturas antes que aceptar una suma de dinero que le permitiría vivir cómodamente de por vida.

Aunque estuviera muriéndose de hambre rechazaría su dinero. Y él pensando que había hecho progresos...

Seguía creyendo que era un corrupto.

–Carrie –empezó a decir con tono amable–. Solo te ofrezco lo que te otorgaría cualquier tribunal en un procedimiento de divorcio.

–No quiero nada. Yo gano mi propio dinero, no necesito el tuyo.

Él sacudió la cabeza, con una mezcla de rabia e incredulidad.

–Eres increíble.

–¿Por qué? ¿Porque no quiero aceptar tu dinero? Solo voy a casarme contigo para proteger a mi hermana y lo único que aceptaría sería una máquina del tiempo que pudiese adelantar los próximos seis meses.

–¿Estás segura? ¿De verdad quieres rechazar una pequeña fortuna?

–Totalmente segura –respondió ella sin la menor vacilación.

–Muy bien, entonces haré que redacten otro acuerdo por el que no recibirás nada –Andreas rasgó el sobre y tiró los pedazos al suelo. Luego, tranquilamente, pasó por encima para tomar la maleta–. Y ahora que hemos llegado a un acuerdo, podemos irnos. Tal vez un poco de sol hará que seas algo más agradable, aunque lo dudo.

Capítulo 9

CARRIE abrió un balcón de la fastuosa villa griega que Andreas había alquilado para su estancia en Agon y miró el precioso jardín, repleto de árboles frutales que llenaban el aire de un delicioso aroma primaveral.

La isla era montañosa, con un cielo de un azul profundo, pero ahí terminaba el parecido con las islas Seychelles. La península de Andreas estaba alejada de todo, su casa y la del chef los únicos edificios en muchos kilómetros. Agon, en cambio, estaba llena de casitas blancas y sus playas eran doradas mientras las de Seychelles eran de arena blanca.

Además, tenía una sensación diferente allí. El aire era diferente. La villa era digna de un rey y si estuviese de mejor humor sería muy agradable alojarse en aquella casa durante una semana.

No sabía si era solo suya o si iba a compartirla con Andreas porque no lo había visto desde que la dejó allí. Solo le había dicho que volvería a las siete para llevarla a cenar.

Desde que salieron de Londres esa mañana apenas habían intercambiado un par de frases.

Un ama de llaves y un encargado le habían dado la bienvenida y el hombre había subido su maleta por una escalera de mármol.

Su dormitorio la había dejado boquiabierta. No se parecía nada a la diminuta habitación que había ocupado en Seychelles. El hombre le había enseñado el resto de la villa y le había dado el número de teléfono de la casa de los empleados, donde se alojaba un pequeño ejército, todos disponibles a cualquier hora del día.

Llevaba tres horas allí y la espera empezaba a ser insufrible. Después de darse un baño se había puesto un top veraniego de color melocotón y una falda a juego que llegaba por debajo de la rodilla. Era parecido a los vestidos que Andreas había comprado para ella, pero... aquel no le gustaba tanto. La ropa que él le había comprado acariciaba su piel de una forma desconocida para ella, pero no se había dado cuenta de la diferencia hasta que se puso su propia ropa, mucho más barata y de peor calidad.

Sin saber qué hacer, paseaba por las habitaciones mirando el reloj cada cinco minutos. Cuando volvió a mirarlo se mordió los labios.

Eran casi las siete.

Tenía los nervios agarrados al estómago. Estaba más agitada que cuando esperaba que fuese a buscarla en Londres y no sabía por qué.

Lo había enfadado y eso debería deleitarla, pero no era así. Durante la última semana todo había cambiado.

Andreas estaba furioso la noche que le reveló la verdad, los dos estaban furiosos. Pero desde entonces se había mostrado encantador y estaba segura de que no fingía. En realidad, era así con todo el mundo. Trataba a todos los camareros con simpatía y amabilidad, llamándolos siempre por su nombre.

No podía dejar de pensar que su negativa a abrir el sobre lo había herido por alguna razón, aunque era ridículo...

Oyó pasos sobre el suelo de mármol y cuando se dio la vuelta lo encontró en el vestíbulo, con un enorme ramo de rosas en la mano.

Sus ojos se encontraron y su corazón dio un vuelco tan doloroso que le robó el aliento.

No había un brillo de burla en sus ojos sino una sinceridad, una simpatía, que la dejó conmocionada.

Llevaba un pantalón gris y una camisa negra, pero tenía un aspecto algo descuidado. Su pelo estaba más despeinado de lo habitual y tenía sombra de barba, algo insólito porque siempre iba recién afeitado cuando salían a cenar en Londres.

Andreas le ofreció el ramo.

–Una ofrenda de paz.

Ella vaciló un momento antes de aceptarlo.

–Gracias –susurró.

Nunca le habían regalado flores.

Sin dejar de mirarlo, inclinó la cabeza para respirar el aroma de los delicados pétalos. Olían de maravilla.

–Estás preciosa.

El corazón parecía querer salirse de su pecho y cuando intentó sonreír le resultó imposible.

–Voy a buscar un jarrón –murmuró. Haciendo un esfuerzo para poner un pie delante de otro, pasó a su lado y se dirigió a la cocina.

–¿Todo está a tu gusto? –le preguntó Andreas.

–Sí, gracias –respondió. No se había sentido tan incómoda desde su entrevista en la oficina. Entonces tenía miedo de ser descubierta. Su miedo en ese momento era completamente diferente–. ¿Qué tal has pasado la tarde?

–Ha sido muy productiva.

–¿Ah, sí?

Cuando llegaron a la cocina, Carrie dejó las flores sobre la encimera y empezó a abrir armarios. Estaba buscando un jarrón, pero también intentaba no mirarlo y no pensar en las cosas aterradoras que estaba sintiendo.

–He tenido una reunión –respondió Andreas mientras abría un armario del que sacó un jarrón de cristal–. ¿Esto es lo que estabas buscando?

Carrie estuvo a punto de dejarlo caer cuando sus dedos se rozaron. Había sido como una descarga eléctrica y, a toda prisa, se volvió para darle la espalda.

«Respira».

Primero llenó el jarrón de agua y luego buscó unas tijeras.

«Respira».

Encontró unas tijeras y sacó la primera rosa, por suerte sin espinas. Después de cortar el tallo unos centímetros sacó otra de su envoltorio de celofán, pero su cerebro no parecía funcionar. Intentar concentrarse en la tarea mientras ignoraba al hombre que estaba a su lado era una tarea imposible.

Podía sentir sus ojos clavados en ella.

De repente, una mano cálida y grande agarró su muñeca.

No podía moverse, no podía respirar. Su corazón parecía haberse detenido.

Andreas sintió el pulso de Carrie latiendo alocado bajo sus dedos. *Theos*, su deseo por ella se había convertido en un dolor que lo torturaba a todas horas.

Estaba tan enfadado con ella y con su obstinada negativa a quitarse la venda en lo que se refería a él.

Después de dejarla en la villa había estado a punto de ir a un hotel, pero cuando iba a hacerlo una mujer en un descapotable pasó a su lado. Tenía el pelo castaño, casi idéntico al de Carrie, y su corazón se había encogido de tal forma que tuvo que hacer un esfuerzo para respirar.

¿Por qué le importaba tanto lo que Carrie pensara de él?, se preguntaba a sí mismo. Solo iba a formar parte de su vida durante seis meses. Lo único que importaba era que iba a casarse con él para acallar los rumores antes de que dañasen la reputación de su empresa.

Pero mientras pensaba eso se encontró entrando en

una floristería y pidiendo el ramo de rosas más grande que tuvieran.

Nunca le había comprado flores a una mujer.

El brillo en los ojos de Carrie cuando le dio las flores había hecho que olvidase su enfado. En ese momento le había parecido más joven que nunca, más vulnerable.

Sin pensar, se inclinó hacia delante para respirar el aroma de su pelo y notó que ella contenía el aliento.

La deseaba tanto. Ansiaba tocarla, saborearla... nunca había deseado de ese modo a una mujer.

Estaba lo bastante cerca como para sentir la vibración de su cuerpo. Carrie lo miraba con ojos serios, sus temblorosos labios abiertos.

–Voy a besarte –dijo Andreas con voz ronca–. Voy a besarte hasta que me digas que pare –añadió, inclinando la cabeza para buscar sus labios...

Al principio, ella permaneció inmóvil, sin respirar siquiera, su cuerpo como el cemento. Andreas tomó su cara entre las manos como había hecho ella en Seychelles, y rozó sus labios suavemente, intentando obtener una respuesta contra la que sabía Carrie estaba luchando con todas sus fuerzas.

Seguía resistiéndose obstinadamente, su cuerpo rígido, sus labios inmóviles. Pero no lo apartó ni le dijo que parase.

Animado, pasó una mano por su espalda y notó que ella sentía un escalofrío.

Y no lo apartó, no le dijo que parase.

Se apretó contra ella un poco más, atrapándola contra la encimera. Carrie dejó escapar un gemido, pero enseguida cerró los labios.

Sin embargo, no lo apartó ni le dijo que parase.

Andreas la tomó entonces por la cintura para sentarla sobre la encimera y ella, desconcertada, se agarró a sus brazos para no perder el equilibrio.

Por un momento que le pareció una eternidad se miraron a los ojos y, desesperado por sentir de nuevo la suavidad de sus labios, separó sus piernas y se colocó entre ellas para hacerle sentir su innegable deseo, evidente incluso bajo las capas de ropa que los separaban.

Su respiración era jadeante, pero ella no hacía ningún esfuerzo para devolverle el beso.

Sin embargo, no lo apartaba ni le pedía que parase.

Y tampoco lo hizo cuando metió la mano por debajo de la blusa. Su piel era más suave de lo que recordaba, como si estuviera envuelta en satén.

Andreas deslizó los labios por sus mejillas y su cuello; el aroma de su piel lo enardecía y sentía que estaba a punto de explotar.

Estaba a punto de explotar. Nunca, jamás había experimentado esa sensación. Estaba ardiendo. Y nunca jamás había pensado que daría toda su fortuna por recibir un solo beso.

Carrie estaba dejando que la besase y la tocase, pero no le devolvía las caricias. Se agarraba a su obstinación como si le fuera la vida en ello.

Pero seguía sin apartarlo o decirle que parase.

Rozó sus labios de nuevo y frotó la nariz contra la suya. Le pareció que se relajaba un poco, pero cuando rozó sus pechos con los dedos ella dio un respingo.

Pero no se apartó.

Andreas echó hacia atrás la cabeza para mirarla a los ojos y ella le devolvió la mirada. En sus ojos estaba todo lo que esos obstinados y preciosos labios querrían decir, todo lo que sentía.

En silencio, deslizó una mano sobre sus pechos y notó los fuertes latidos de su corazón. Siguió hacia abajo, tocando su vientre, sus muslos... y la metió bajo su falda.

Entonces Carrie reaccionó por fin. Seguía apretando

su brazo con la mano izquierda mientras ponía la derecha sobre su abdomen.

Andreas apretó los dientes. Lo único que deseaba era desnudarla para poder tocarla sin barreras, pero el instinto le decía que esperase un poco más.

Carrie empujó su pelvis hacia él mientras abría los labios como preparándose para otro beso...

Y él la complació, apoderándose de sus labios sin perder un segundo. Mientras la besaba, ella acariciaba su espalda... pero eran unas caricias torpes, tímidas.

Andreas deslizó una mano por su mulso hasta encontrar lo que buscaba y rozó el húmedo algodón con el pulgar.

Carrie empujó hacia él, agarrándose a las solapas de su chaqueta. Cuando deslizó la mano bajo el algodón y encontró el húmedo vello que cubría su más íntimo secreto, ella dio un respingo y apretó la mejilla contra su cuello.

Descubrir que estaba húmeda provocó una dolorosa dilatación bajo sus calzoncillos, pero cerrando los ojos a todo lo que no fuera ese momento, respiró su aroma mientras seguía acariciándola hasta que la tuvo apretándose contra él, su aliento tan jadeante y rápido que no podía distinguir dónde empezaba uno y terminaba el otro hasta que enterró la cara en su cuello, temblando, su cuerpo sacudido por violentas convulsiones.

Andreas acarició su espalda y Carrie lo abrazó.

–No lo digas –murmuró, apartándose para tomar su cara entre las manos–. Por favor, no lo digas.

Él negó con la cabeza. La sangre rugía en sus oídos, su cuerpo más tenso que nunca.

Aunque ella no se lo hubiera pedido, no podr*ía* mirarla con gesto de satisfacción, como diciendo: «¿lo ves? Sabía que me deseabas».

Había sido el momento más erótico y... conmovedor de su vida y no quería restarle valor.

Vio que tragaba saliva y luego, lentamente, bajó la cabeza para buscar sus labios.

Fue el beso más dulce y tierno de su vida y Andreas se lo devolvió con toda la pasión.

Carrie no quería escuchar la vocecita que le gritaba que abandonase esa locura inmediatamente.

Nunca se había sentido tan viva. No sabía que su cuerpo fuese capaz de tan intenso placer.

Él había hecho eso. Andreas. Sus caricias, su aroma, él. Era como si su cuerpo estuviera sintonizado a una frecuencia que solo él podía controlar.

Había luchado contra su deseo por él con todas sus fuerzas y no había sido suficiente. Andreas había derrumbado sus defensas y quería que obtuviese el mismo placer que acababa de darle a ella.

Su sabor era tan oscuramente masculino, pensó medio mareada mientras pasaba los dedos por su cuello. ¿Por qué luchar contra algo tan maravilloso? ¿De qué tenía miedo?

Pero tuvo que desoír esa vocecita de nuevo cuando intentó decirle con toda claridad de qué tenía miedo.

Estaba entregándole su cuerpo a Andreas, nada más. Nada más...

Por primera vez en su vida iba a dejarse guiar por su cuerpo, no por su cerebro. No tenía por qué haber consecuencias; eso era solo para los que se dejaban llevar por tontos sueños.

Vagamente, notó que él la apretaba contra su torso para levantarla de la encimera.

Más tarde no recordaría cómo llegaron al dormitorio, solo que él la había llevado en volandas y habían caído sobre la cama en un revoltijo de brazos y piernas.

Sus ojos se encontraron entonces y, sin pensarlo siquiera, Carrie levantó los brazos para quitarse la blusa.

Lo vio tragar saliva cuando tomó su mano para ponerla sobre sus pechos.

Luego, con dedos inexpertos, empezó a desabrochar los botones de su camisa. En cuanto logró desabrochar los tres primeros puso los labios sobre su torso y respiró su limpio aroma masculino, el pulso latiendo en su centro al oírlo gemir. Su piel le parecía tan suave, pero tan diferente a la suya, duro donde ella era delicada y tan cálida.

Frotó su mejilla contra el fino vello oscuro mientras desabrochaba el resto de los botones y Andreas se libró de la prenda a toda prisa para tomarla por la cintura con una mano mientras con la otra le quitaba el sujetador, echándose luego hacia atrás para mirar sus pechos desnudos por primera vez.

Con las pupilas dilatadas, levantó una mano que delataba el más ligero temblor para acariciarlos y Carrie experimentó un relámpago de deseo tan puro y tan sorprendentemente poderoso que tuvo que hacer un esfuerzo para respirar.

Sus pechos siempre habían estado ahí, una parte de ella como los brazos o las piernas, pero de repente parecían hinchados, ardientes. Él los masajeó despacio durante unos segundos y luego reemplazó las manos con la boca.

Ella gimió, apretando los puños. Las sensaciones que él había despertado unos minutos antes en la cocina empezaban a crecer de nuevo, pero en aquella ocasión el deseo no estaba concentrado en un solo sitio sino por todas partes.

Como si hubiera intuido su deseo, Andreas le quitó el resto de la ropa dejando un rastro de húmedos besos por todo su cuerpo. Tiró la falda al suelo y se libró en un segundo de las sencillas bragas de algodón.

Carrie quedó completamente desnuda, expuesta a la mirada de un hombre por primera vez en su vida.

Y los ojos de Andreas eran de un color que no había visto antes, como ámbar derretido. Se había quitado el pantalón... ¿cómo, cuándo se había quedado en calzoncillos?

Sin dejar de mirarlo, se puso de rodillas frente a él y deslizó las manos por su torso, su abdomen, la cinturilla de los estrechos calzoncillos grises.

Tragando saliva, tiró hacia abajo y, liberada de sus estrechos confines, su erección apareció larga y orgullosa.

Carrie tragó saliva de nuevo, incapaz de esconder su sorpresa.

Lo que había visto en el baño no era nada comparado con aquello. Sabía que estaba bien dotado, pero no estaba preparada no solo para un miembro de ese tamaño sino para su inesperada belleza.

¿Pero cómo no iba a ser bello si él era el hombre más bello del mundo?

Andreas tomó su mano para llevársela a los labios y luego, suavemente, la deslizó hasta su erección, apenas sujetándola por si quería apartarla.

Pero Carrie no quería apartarla. Quería tocarlo. Esa noche lo quería todo.

Dejando que la guiase, deslizó la mano por su erección, sintiendo un latido bajo sus dedos.

Él gimió, tragando saliva compulsivamente.

Cubriendo su mano, le demostró sin palabras cómo le gustaba que lo tocasen y Carrie lo hizo, sintiendo escalofríos de emoción al escuchar sus torturados gemidos. Podía sentir un calor bullendo dentro de ella, tan encendida con lo que estaba haciendo y el efecto que ejercía en él como cuando Andreas la tocaba.

No pudo esconder su decepción cuando de repente él apartó su mano.

–Quiero estar dentro de ti –susurró. Y luego la besó;

un beso tan profundo y apasionado que Carrie sintió como si sus huesos se derritieran.

Un minuto después, Andreas se apartó para saltar de la cama. Se quitó el calzoncillo y sacó algo del bolsillo del pantalón. Una caja de preservativos.

–He vivido con la esperanza, *matia mou* –susurró, esbozando una torturada sonrisa.

Volvió a su lado antes de que ella pudiese parpadear y la besó de nuevo, acariciándola por todas partes y murmurando cosas que no entendía, pero que aumentaban el deseo que parecía consumirla. Cuando intentó volver a tocarlo, Andreas sujetó su muñeca.

–Más tarde –dijo con voz ronca–. Más tarde podrás hacer lo que quieras, pero ahora mismo necesito estar dentro de ti.

Carrie lo besó, deslizando la lengua en su boca para hacerle saber cuánto necesitaba tenerlo dentro de sí.

Daba igual que aquello fuese algo que no había hecho nunca. No había hecho nada de aquello. Había pasado toda su vida adulta negándose algo tan hermoso y... necesario. Pero ya no.

Andreas sacó una bolsita cuadrada que rasgó con los dientes y enfundó su erección con habilidad antes de colocarse sobre ella, usando los muslos para separar sus piernas y colocarse justo en su centro...

La penetró con una embestida, llevándola a un mundo donde el cielo y el infierno se encontraban.

Carrie sintió un dolor agudo que la hizo contener el aliento... y Andreas se detuvo.

–¿Carrie? –murmuró, mirándola con gesto sorprendido.

Pero su cuerpo ya estaba ajustándose a la invasión y el dolor había desaparecido, de modo que buscó su boca para respirar su aliento.

Andreas empezó a moverse y entonces...

Entonces descubrió que estaba en el cielo.

Le hacía el amor despacio, controlándose. Sujetándose a la cama con las dos manos mientras empujaba su pelvis contra ella, estimulándola mientras la llenaba.

Sí, había descubierto el cielo.

Luego, cuando aumentó el ritmo de las embestidas, las sensaciones eran como relámpagos.

Carrie pasaba las manos por su espalda, exultante al sentir el movimiento de sus músculos y su piel cubierta de sudor. Cerró los ojos a todo lo que no fueran las sensaciones que se habían apoderado de ella, sometiéndose al placer y a la magia de lo que estaban creando juntos hasta que sintió como si estallase un relámpago.

El placer la atravesó como un tsunami y un grito escapó de su garganta.

Se sentía mareada y tuvo que agarrarse a Andreas como si fuera su ancla en este mundo, una vaga aceptación de que todo aquello era por él y solo por él, que nunca podría haber ningún otro.

Él aplastó sus labios mientras dejaba escapar un rugido que parecía salir de su propia alma mientras se hundía en ella con una última y poderosa embestida que la estremeció.

Después, mirándola con gesto sorprendido, Andreas enterró la cara en su pelo y Carrie suspiró al sentir el roce de su aliento acariciando su cuero cabelludo.

La sensación que había estallado en ella con tal violencia se convirtió en un suave oleaje y cerró los ojos, deseando con todas sus fuerzas poder embotellar aquel momento para toda la eternidad.

Capítulo 10

ANDREAS despertó de costado, con la cara de Carrie sobre su torso, un brazo y una pierna alrededor de su cintura.

Y también despertó totalmente excitado.

Tomando aire, se tumbó de espaldas, con cuidado para no despertarla.

La habitación estaba envuelta en la oscuridad y supo sin tener que mirar el reloj que había dormido muchas horas. Sonrió entonces, pensando que había hecho lo que la mayoría de los hombres hacían después del sexo, quedarse dormidos.

Aunque a él no le había pasado antes. Claro que no sabía que el sexo pudiera ser así, una experiencia tan intensa que cuando sintió el orgasmo fue como si su cerebro explotase. Había ido al baño para librarse del preservativo y luego había vuelto a la cama para tomar a Carrie entre sus brazos. Y entonces se había quedado profundamente dormido.

Nunca había dormido abrazado a una mujer y tenía buenas razones para creer que Carrie tampoco lo había hecho.

La manchita de sangre que había visto en las sábanas le confirmó lo que su cuerpo le había dicho cuando entró en ella.

Carrie era virgen.

No se había acostado con una virgen desde que perdió su propia virginidad. Entonces los dos tenían diecisiete años y estaban cargados de hormonas. Por supuesto, Andreas había prometido casarse con ella si hacían el amor, una mentira que contaban todos los adolescentes excitados del mundo. Se habían entregado su virginidad el uno a otro y después él se había ido en su moto, con un cigarrillo colgando de los labios, sintiéndose como un rey.

El recuerdo lo hizo sonreír. No había pensado en Athena en mucho tiempo. Ella lo había dejado por uno de sus amigos unas semanas después y estaba seguro de que eso le había roto el corazón durante al menos cinco minutos.

Había pensado que no volvería a acostarse con una virgen, pensó, pasando una mano por su sedoso pelo.

¿Por qué había esperado tanto?

¿Se había perdido esos años de adolescencia donde las hormonas dictaban cada parte de tu vida? ¿No había tenido ningún romance en el periódico? Él mantenía estrictas reglas de relación con sus empleados, pero no esperaba que entre ellos no hubiese relaciones mientras no interfiriesen con el trabajo.

¿Habría estado esperando a alguien especial?

Se le encogió el corazón al imaginar las razones por las que Carrie seguía siendo virgen a los veintiséis años y lo que eso implicaba.

Ella se movió entonces, frotando su torso con la nariz; un movimiento que levantó la otra parte de él que estaba despierta. Y cuando deslizó los dedos por su abdomen...

Unos minutos después estaba dentro de ella otra vez.

Carrie estaba despierta, pero no se atrevía a moverse. Aunque sabía que Andreas no estaba a su lado porque el agradable calor que la había envuelto durante la noche había desaparecido.

Por fin, reunió valor para darse la vuelta y confirmar lo que le decía el instinto.

Andreas se había ido.

Miró la marca de su cabeza sobre la almohada y se quedó horrorizada cuando sus ojos se llenaron de lágrimas.

Asustada, se llevó una mano al pecho, parpadeando frenéticamente para contener la emoción.

¿Qué había hecho?

Dios santo, ¿qué había hecho?

Había hecho el amor con él. Y no una vez sino tres veces.

Se había convertido en otra persona entre sus brazos. Se había sentido como una mariposa que salía de su capullo por primera vez y encontraba sus alas.

Andreas la había llevado al paraíso, pero por la mañana ese paraíso parecía tan lejano como la luna.

¿Cuál era el protocolo de la mañana siguiente?

¿Cuál era el protocolo para amantes que se veían por primera vez después de haber hecho el amor?

¿Amantes?

Carrie se cubrió la cara con las dos manos, intentando controlar un sollozo. Ella no quería ser la amante de Andreas. No quería ser nada suyo, ni su falsa prometida ni su falsa esposa, nada.

La puerta se abrió en ese momento y, rápida como el rayo, Carrie se tumbó de lado y cerró los ojos. Si fingía estar dormida tal vez la dejaría en paz.

Oyó pasos y un delicioso aroma llenó la habitación; aroma a café y pan recién hecho...

Luego oyó que se abría otra puerta y una ráfaga de aire fresco entró en la habitación. Un minuto después notó un peso sobre la cama y una mano que apartaba el pelo de su cara.

Conteniendo el aliento, Carrie se dio la vuelta. Andreas estaba sentado al borde de la cama, vestido solo con un pantalón vaquero. La miraba en silencio, con una extraña intensidad.

–Buenos días –dijo en voz baja.

Carrie intentó sonreír, pero el eco de los latidos de su corazón le impedía hablar.

–He hecho el desayuno –dijo él después de unos segundos–. Está en el balcón.

Ella ni siquiera sabía que hubiera un balcón. Ni siquiera sabía en qué habitación estaban.

–Dame un minuto para vestirme –susurró.

Él asintió antes de levantarse.

Lo vio salir al balcón y cerrar la puerta tras él. Solo entonces se levantó de la cama y, después de tomar su ropa del suelo, corrió al baño.

Apenas doce horas antes no había sentido el menor pudor en mostrarle su cuerpo desnudo. La había besado y tocado por todas partes y ella había disfrutado de un placer que jamás hubiera imaginado.

Estaba borracha de placer, borracha de Andreas. Y en ese momento desearía esconderse en su capullo protector y olvidar lo que había pasado.

Se vistió, se lavó la cara y se atusó el pelo con los dedos como pudo, sin mirarse al espejo para no ver sus labios hinchados o el brillo de su piel.

Andreas estaba tomando un pastelillo griego cuando por fin se reunió con él en el balcón.

–¿Café? –le preguntó amablemente.

–Sí, por favor –Carrie se sentó y miró el festín que había sobre la mesa–. ¿Tú has hecho todo esto?

–No, claro que no. Llamé al chef –respondió él, con gesto de fingida indignación. Cuando la vio reír, empujó una taza de café hacia ella–. Come algo, debes tener hambre.

Eso le recordó que se habían saltado la cena. Y las rosas...

–¿Qué ocurre? –preguntó Andreas al ver que se ponía colorada.

–Las pobres rosas... al final no las puse en agua –Carrie bajó la mirada mientras abría un panecillo.

Él sabía por qué se había puesto colorada y sus entrañas se encogieron al recordar cuando la sentó sobre la encimera, las rosas olvidadas y todo lo que pasó después.

Y lo que pasó había sido una de las mejores noches de su vida. Tal vez la mejor.

–El ama de llaves las ha revivido –le aseguró, recordando cómo había frotado Carrie la nariz sobre los pétalos.

Había frotado la nariz sobre su estómago exactamente del mismo modo...

Y luego había clavado las uñas en su espalda cuando llegó al orgasmo, con tal fuerza que podía sentir como si siguiera haciéndolo.

–Me alegro –dijo Carrie, tomando el tarro de miel con una mano temblorosa–. ¿Y ella sabe... que... en fin, que he dormido en una habitación que no es la mía?

–No importa, *matia mou*.

–Tiene que saberlo –insistió Carrie, intentando abrir el tarro de miel–. Cuando nos vayamos, otra persona dormirá aquí y las sábanas...

–Carrie.

Ella dejó de hablar y levantó la mirada, con un sospechoso brillo en los ojos.

Era virgen.

Hasta doce horas antes era virgen. Había llegado a los veintiséis años sin hacer el amor.

No podía apartar ese pensamiento de su mente.

–Deja que lo abra –murmuró, tomando el tarro de miel.

Era virgen.

Nunca había hecho el amor con otro hombre y nunca había tenido que enfrentarse con un hombre a la mañana siguiente. La vulnerabilidad que había visto en ella cuando le dio las flores era más aparente en ese momento y provocaba una emoción que no podía entender, pero que despertaba campanitas de alarma, advirtiéndole que estaba entrando en terreno peligroso y era hora de dar marcha atrás.

–Da igual en qué habitación hayamos dormido porque la casa es mía –le contó después–. Ayer firmé los documentos.

–¿La has comprado? ¿Pero por qué?

Andreas se encogió de hombros.

–Busqué una villa para alquilar, pero no me gustaba ninguna, de modo que decidí buscar villas en venta.

–¿Has comprado una casa por capricho, sin verla antes?

–Vi las fotografías y conozco bien la isla. Además, llevaba algún tiempo pensando en comprar una casa aquí. ¿Por qué no?

–Ya tienes una casa de vacaciones.

–Esta no será una casa de vacaciones como la propiedad de Seychelles. Aquí puedo trabajar porque Agon es una isla próspera, la gente invierte dinero y está cerca de Atenas. Además, hablo el idioma para variar y, sobre todo, tiene sol todo el año.

–¿Por qué estableciste tu negocio en Londres? Está claro que no te gusta la ciudad.

–No es que no me guste. En verano es preciosa, pero el resto del año es tan triste, tan gris. Londres no fue mi primera elección para establecer mi negocio. Cuando era más joven quería vivir en Estados Unidos, por eso estudié allí. Pensé que había sol todo el año como en mi isla, Gaios –Andreas sonrió, recordando su ingenuidad y su ignorancia geográfica–. El frío del invierno en Massachusetts fue una sorpresa, te lo aseguro. Cuando terminé la carrera me ofrecieron un puesto en una empresa de inversiones de Manhattan y acepté porque me ofrecían un sueldo fantástico y tenía que ayudar a mis padres. Trabajé sin descanso hasta que pude abrir mi propia firma de inversiones, intentando no morirme de frío durante el invierno, aunque mi intención era tener también oficinas en Atenas, Londres y otras capitales europeas. Estaba empezando a ganar mucho dinero, mis padres disfrutaban de una salud razonable y se habían instalado en su nueva casa...

–¿Se la compraste tú? –lo interrumpió ella, mirándolo con curiosidad.

–En cuanto pude hacerlo. No querían quedarse en Gaios después de lo que pasó, así que les compré una casa en Paros. Pensábamos que la vida no podía seguir maltratándonos, pero entonces mi hermana y mi cuñado murieron.

Carrie contuvo el aliento.

Andreas lo había dicho de forma tan prosaica que si no hubiera visto un brillo de dolor en sus ojos podría creer que la muerte de su hermana no lo había afectado.

–Fue por inhalación de monóxido de carbono, ¿verdad? –le preguntó.

Andreas asintió, apretando los labios.

–Estaban de vacaciones, celebrando su aniversario de boda. El apartamento en el que se alojaban tenía una caldera en mal estado...

Carrie recordaba haber leído el informe forense con el corazón encogido por Natalia, a quien había recibido tantas veces en su casa. Violet no había sido la única que sufrió cuando Natalia dejó de ser su amiga, también ella la echaba de menos.

El año anterior a la expulsión de Violet, Natalia siempre estaba en su casa. ¿Su contagiosa alegría y su dulce naturaleza habrían enmascarado el cambio en el comportamiento de su hermana?

¿Pero no había notado que su alegría parecía haberse marchitado en los últimos meses, antes de la expulsión? Había pensado que eran cosas de adolescentes...

Natalia quería mucho a su hermana y no la habría abandonado si no hubiese ocurrido algo grave. Ni siquiera las órdenes de su estricto tío habrían podido impedir que siguiese en contacto con ella.

Pero no había querido ponerse en contacto con Violet porque Andreas había dicho la verdad: Violet había intentado seducirlo, había pegado a Natalia y había culpado a Andreas por su expulsión del colegio porque no había querido admitir que ella misma había escondido las drogas. Porque no quería admitir que se había convertido en una adicta. Una adicta.

Violet había mentido para salvar la cara y para vengarse del hombre que la había rechazado. Quería vengarse del vil canalla que le había robado su virginidad el día que cumplió dieciséis años, pero no tenía forma de llegar a él y Andreas había ocupado su sitio porque los dos eran hombres adultos de una edad similar.

Con el corazón roto, la pobre Violet había terminado desacreditándose a sí misma sin darse cuenta. Nadie creería que el fabulosamente rico y amigo de la prensa James Thomas la había seducido. Nadie más que su hermana mayor.

Carrie suspiró, desolada. Nunca había empezado una investigación sin tener alguna prueba. Violet tenía muchas pruebas contra James Thomas: fotos tomadas con el móvil cuando él no se daba cuenta, mensajes... James había sido lo bastante listo como para insistir en que usaran aplicaciones que borraban automáticamente los mensajes después de ser leídos, pero no lo bastante como para imaginar que una adolescente enamorada encontraría la forma de guardarlos.

No había ninguna prueba contra Andreas.

Carrie se había fiado solo de la palabra de su dolida hermana, pero Violet había mentido.

–¿Carrie?

Ella miró al hombre cuya vida había intentado destruir.

–¿Estás bien? Te has puesto pálida.

¿Cómo podía mirarla siquiera? ¿Cómo podía mirarla con preocupación, además?

Aún podía sentir el roce de sus manos, sus besos. Le había hecho el amor como si fuera la única mujer en el mundo para él.

Debería odiarla.

Y probablemente la odiaba.

Ella se odiaba a sí misma.

Lo que había hecho...

Tenía que hablar con Violet, pensó. Aún había alguna posibilidad de que estuviera equivocada y no podía condenar a su hermana sin darle la oportunidad de defenderse.

–Estoy bien –consiguió decir–. Es que estaba pensando en Natalia.

«Y también estaba pensando que no eres el monstruo que yo he creído que eras durante estos últimos tres años».

Él podría haberle preguntado por qué una mujer de veintiséis años aparentemente segura de sí misma seguía siendo virgen, pero no había dicho una palabra.

–¿Te mudaste a Londres por ella?

–Sí –respondió Andreas, sonriendo–. Mi hermana solía leerle esos libros de Harry Potter y Natalia pensaba que todos los internados de Inglaterra eran igual de maravillosos, así que les compré una casa cerca del colegio para que pudiera pasar los fines de semana con sus padres. Y cuando murieron me mudé a Londres para cuidar de ella.

De modo que se había mudado a una ciudad que no le gustaba particularmente y cuyo clima detestaba para cuidar de su sobrina.

–¿Era a eso a lo que te referías cuando dijiste que llevabas quince años esperando ser libre y que otros seis meses no importaban? Porque tus padres fueron tu prioridad durante mucho tiempo y después lo ha sido Natalia.

–Natalia está ahora en la universidad y mis padres se encuentran bien y tienen toda la ayuda que necesitan. Ahora quiero pasar el mayor tiempo posible en un sitio soleado y vivir mi vida como me parezca –respondió él, con esa sonrisa de lobo que una vez había odiado–. Y si retrasar mi libertad otros seis meses significa poder ver tu bonita cara cada día, entonces el retraso será más dulce.

Carrie tragó saliva.

–¿Cómo va a ser más dulce si intenté destruirte?

–Vivir conmigo durante seis meses es el precio que tendrás que pagar por ello. Cuando haya terminado estaremos en paz.

–¿Y lo de anoche? –la pregunta salió de sus labios sin que pudiese evitarlo.

Andreas la miró a los ojos durante largo rato antes de responder:

–Lo de anoche no tenía nada que ver. No voy a disculparme por desearte y tú no deberías disculparte por desearme a mí. La atracción física no es racional. Te he deseado desde el momento que entraste en mi despacho y la puerta de mi dormitorio siempre estará abierta para ti. Si quieres entrar o no, depende de ti.

Estaba claro que Andreas no pensaba volver a dar el primer paso.

Era un pensamiento que debería hacerla sentir segura, pero no era así. En absoluto.

Porque no necesitaba pruebas para saber que con Andreas sus sentimientos eran como la yesca: el menor roce provocaba una explosión.

Capítulo 11

SUS NUEVOS empleados eran auténticos profesionales, pensó Andreas, satisfecho. Habían llevado a Carrie de compras a un exclusivo centro comercial en la capital de Agon, lleno de tiendas de diseño y elegantes cafés que casi podrían compararse con los de Londres y París, pero con empleados que sonreían de manera abierta y trataban a los clientes como si de verdad les gustase su trabajo.

Y cuando ella por fin volvió a casa por la tarde encontró la mesa puesta en el jardín y a Andreas frente a una barbacoa, intentando no quemar dos jugosos filetes.

–Pensé que no sabías cocinar –dijo, sorprendida.

Llevaba un vestido veraniego de color verde menta con escote palabra de honor y un chal de color crema sobre los hombros para protegerse del fresco de la noche.

El instinto le decía que no llevaba sujetador bajo el vestido.

–Puedo quemar la carne tan bien como cualquier cavernícola –replicó con una sonrisa–. ¿Por qué no traes una botella de vino?

–¿Porque ya no soy tu sirvienta? –sugirió ella.

–¿No te sientes culpable viéndome hacer todo el trabajo mientras tú estás ahí sin hacer nada?

–No –respondió Carrie, señalando los cuencos de ensalada y arroz que había preparado el chef.

Los empleados se habían ido y estaban solos en la casa.

–¿Por favor? –le rogó Andreas.

Ella fingió pensárselo, pero después de levantó.

–Muy bien, de acuerdo. ¿Qué vino debo traer?

–Las botellas están en la encimera de la cocina.

Carrie entró en la casa con paso alegre y Andreas sonrió. Llevaban tres días en Agon y el cambio en ella era increíble. El día anterior le había enseñado la isla y el palacio más bonito del mundo, en su opinión. Habían comido en una terraza, charlando animadamente, aunque ella seguía mirándolo con cierta cautela.

Carrie evitaba su mirada y las pocas veces que sus ojos se habían encontrado se ponía colorada. Y cuando volvieron a la villa se despidió a toda prisa antes de desaparecer en su habitación.

No la había tocado ni una sola vez y tampoco había flirteado con ella.

Quería hacerle el amor de nuevo. Era un anhelo constante, un burbujeo continuo en su sangre, pero la virginidad de Carrie lo había cambiado todo.

Si hacían el amor de nuevo tendría que ser ella quien diera el primer paso.

Aquel día, durante el desayuno, lo había saludado con una sonrisa que le había parecido genuina y que se había clavado en su pecho. Y esa sonrisa le hacía albergar esperanzas.

Cuando la llevó a comprar un vestido para la boda de su primo se había preparado para una pelea, pero cuando le recordó que iba a acudir a la boda por él y, por lo tanto, lo más lógico era que él pagase el vestido Carrie había aceptado sin discutir.

Pero no le había dejado comprarle nada más. Carrie era fieramente independiente y la admiraba por ello, aunque lo irritase.

Ella reapareció con la botella de vino justo cuando le pareció que los filetes estaban en su punto.

Andreas sirvió los filetes en sus respectivos platos y se sentó, sonriendo mientras abría una botella de vino. Y Carrie lo sorprendió de nuevo aceptando la copa. Nunca tomaba alcohol, solo un poco de whisky la noche que le contó la verdad.

Andreas levantó su copa.

–*Yamas*.

–¿Eh?

–Significa «salud» en griego.

Después de brindar ella tomó un sorbo de vino, haciendo un gesto apreciativo.

–No soy aficionada al vino, pero este está riquísimo.

–Por el precio que he pagado, tiene que ser muy bueno –bromeó él–. He hecho que lo envíen a todas mis casas. Esta caja llegó mientras estábamos de compras.

Ella tomó otro sorbo.

–Es delicioso. ¿De verdad has hecho que lo envíen a todas tus casas?

–No tomo drogas, ya no fumo... el vino de buena calidad y el whisky son mis únicos vicios.

–¿Antes fumabas?

–Ah, algo más que no habías descubierto en tu investigación –bromeó Andreas, haciéndole un guiño.

Carrie tuvo que sonreír. Apenas podía creer que pudiesen bromear sobre su investigación, que los dos pudiesen hacerlo.

Él la había pillado, lo había pasado en grande mientras la obligaba a hacer de sirvienta, había insistido en que se casaran, pero no estaba enfadado con ella. No era rencoroso, tal vez porque no necesitaba serlo. Si tenía un problema lo solucionaba de inmediato usando los medios que fuera necesario.

No era ningún ángel, pero tampoco un monstruo como los hombres ricos con los que había lidiado en esos años. La paciencia no era su fuerte, pero tampoco era caprichoso. Considerando que había hecho una enorme fortuna en poco tiempo, era un hombre sorprendentemente normal.

–Fumaba cuando era adolescente. Estaba obsesionado con las películas de los años setenta, donde los héroes fumaban mientras iban en moto. Quería ser como Steve McQueen –le contó Andreas, soltando una carcajada–. Pensaba que era el chico más popular de Gaios, conduciendo una moto sin casco y con un cigarrillo colgando de los labios. A mi pobre madre le salieron canas por mi culpa.

Su simpatía era tan contagiosa que Carrie tuvo que reír.

Cuando empezó a investigarlo no se le ocurrió que pudiera ser tan buena compañía. Su única conversación telefónica, tantos años antes, había sido corta, su tono el que uno esperaría de un banquero. Y la única vez que lo había visto en el colegio su mirada irradiaba odio. Tanto que la había asustado.

Sí, Andreas tenía un lado oscuro, pero empezaba a pensar que solo lo usaba cuando se veía amenazado.

¿Cómo sería ser amada por aquel hombre...?

No debería pensar esas cosas, se dijo.

Andreas era rico y poderoso. Tenía encanto y atractivo. Era todo lo que ella odiaba, todo lo que temía. Pero había sido sincero con ella. Quería ser libre y lo que estaban compartiendo en ese momento era puramente circunstancial. Lo que sentía por él era el resultado de su forzosa proximidad, pero cuando todo terminase se despedirían y la extraña química que había entre los dos desaparecería.

Sin embargo, en ese momento estaba frente a él y no podía dejar de mirarlo.

Dejando el tenedor y el cuchillo sobre el plato, Carrie apoyó los codos en la mesa. Había comido la mitad del filete que él había quemado, pero no lo recordaba, tan absorta estaba escuchando su voz.

–Parece que de joven eras muy intrépido.

–Era una cruz para mis padres –admitió él– pero también la niña de sus ojos, así que siempre me salía con la mía.

–Yo era una buena niña.

–¿De verdad? –se burló Andreas mientras volvía a llenar las copas de vino.

–¿Tienes que mostrarte tan sorprendido?

–No, la verdad es que no me sorprende.

–¿Porque era virgen?

Allí estaba, lo había dicho. El elefante en la habitación había sido reconocido y el nudo que tenía en el estómago empezó a deshacerse.

–Eso no sugiere un pasado salvaje precisamente –dijo él, mirándola a los ojos mientras se llevaba la copa a los labios.

–Nunca tuve oportunidad de ser salvaje –admitió Carrie–. A mi madre le diagnosticaron un cáncer cuando yo tenía trece años y desde entonces tuve que cuidar de Violet, que tiene siete años menos que yo. Supongo que tuve que controlar las hormonas adolescentes, aunque comía muchos helados y nunca me sentía cómoda en mi propia piel. Es curioso porque mi madre era preciosa. En serio, era una mujer bellísima. Estaba en el hospital enganchada a una máquina y rodeada de tubos y los médicos flirteaban con ella. Y ella con los médicos. Los hombres la adoraban.

–¿Tenías celos de ella?

–No, no, por favor –Carrie negó con la cabeza–. La verdad es que sentía compasión por ella. Se había casado dos veces y había tenido muchos novios, pero ninguno de ellos la trató bien.

–¿Y pensabas que todos los hombres eran iguales?

–No, más bien pensaba que mi madre tenía muy mal gusto para elegir pareja.

Andreas rio, pero en sus ojos había un brillo de compasión y algo más, eso que había estado ahí desde el principio.

Carrie no había hablado de su madre en mucho tiempo y le gustaba hacerlo porque mantenía vivo su recuerdo. Su querida madre había sido una princesa, una mujer que adoraba a sus hijas y jamás escondía su amor por ellas.

–Hay algunos hombres buenos en el mundo –murmuró, mirando esos ojos que ya no la asustaban–. Aunque a mi madre le gustaban los ricos. Podía detectar a un hombre rico a cincuenta metros y tenerlo comiendo en la palma de su mano solo con un pestañeo.

–¿Tu padre era un hombre rico?

–No, mi padre ni siquiera tenía trabajo, eran compañeros de instituto. Mi madre me tuvo a los dieciséis años.

–¿Fuiste un accidente?

–Mi madre siempre decía que había sido el mejor accidente del mundo –respondió ella. Lo decía mientras no paraba de besarla, haciéndole cosquillas.

Andreas la escuchaba mientras miraba sus jugosos labios, sintiendo como si una garra apretase su corazón. Sus ojos pardos brillaban de amor por su madre.

¿Cómo sería que esos ojos brillasen así por él?

–Se casaron cuando ella quedó embarazada, pero se separaron poco después de que yo naciera –siguió Carrie–. Mi padre se marchó de Londres poco después, pero me visita un par de veces al año y hablamos a menudo por teléfono. Siempre he sabido que me quería –añadió, mirándolo con expresión traviesa–. Ahora es el jefe de jardineros de Hargate Manor.

Andreas soltó una carcajada.

–¿Entonces de verdad existe?

–He estado allí un par de veces, es una finca preciosa.

Andreas tomó otro sorbo de vino sin dejar de mirarla. Lo tenía hipnotizado.

–Tú eres preciosa –dijo con voz ronca.

Ella inclinó a un lado la cabeza, sonriendo de una forma que le robó el aliento y le hizo sentir como si pudiese llegar volando a la luna.

–Tú me haces sentir preciosa –musitó Carrie, levantándose de la silla y dejando que el chal se deslizase por sus hombros.

Se acercó a él lentamente, con un montón de emociones brillando en sus ojos pardos, y cuando llegó a su lado el aire parecía crepitar.

Andreas no podía respirar.

Carrie se inclinó hacia delante y frotó su nariz contra la suya antes de buscar sus labios.

–Tú me haces sentir preciosa –repitió en voz baja. La dulzura del vino se mezclaba con la dulzura de su aliento.

El sabor de Carrie parecía hecho para él.

Y era para él, pensó, sintiendo una presión en la entrepierna. Ningún otro hombre la había saboreado y ningún otro hombre...

–Tú me haces sentir como una mujer –musitó sobre sus labios. Entonces empezó a besarlo, unos besos profundos, apasionados, sujetando su cabeza con las manos como aquella noche, en las islas Seychelles.

Pero aquella vez no había límites, ni fingimientos, ni odio, ni rabia.

Solos dos personas que sentían un insaciable deseo la una por la otra.

En un frenesí de besos voraces, Andreas la sentó sobre sus rodillas, notando los suaves pechos aplastados contra su torso, los dedos de Carrie en su cuello, en sus hombros, el roce de sus uñas, los suaves mordiscos que provocaban cataratas de placer y lo encendían como nunca.

Lo besaba con fervor, apretándose contra él como si esperase que su ropa desapareciese por simple fuerza de voluntad.

Prácticamente le arrancó los botones de la camisa y metió la mano para acariciar su torso, arañándolo, dejando un rastro de fuego.

Andreas buscó su cuello para inhalar su delicado aroma, ese aroma tan erótico, tan femenino que era solo de Carrie.

Notó que intentaba desabrochar la cremallera de su pantalón y cuando no fue capaz de hacerlo puso la mano sobre la marcada erección y apretó por encima de la tela.

Lo miraba a los ojos, sin miedo, y Andreas pensó que iba a terminar allí mismo, sin tener tiempo para desnudarse.

Jadeando, la levantó para sentarla sobre la mesa y colocarse entre sus piernas. Sin poder esperar un segundo más, tiró hacia abajo del vestido.

No llevaba sujetador.

Sus generosos pechos brillaban a la luz de la luna y bajó la cabeza para tomar uno de los duros pezones entre los labios.

El gemido que escapó de su garganta se convirtió en un grito cuando la esclavizó con sus atenciones, besando, lamiendo, mordiendo.

Carrie enredó las piernas en su cintura, enlazando los tobillos sobre sus nalgas y arqueando la espalda; su deseo por él era tan maravillosamente evidente como las estrellas en el cielo.

Estaba húmeda y se movía contra él intentando encontrar alivio.

Andreas buscó su boca en un beso salvaje que ella le devolvió. Una especie de fiebre violenta parecía haberse apoderado de los dos cuando tiró de sus bragas y sacó un preservativo del bolsillo del pantalón. Mientras lo hacía, Carrie intentó de nuevo desabrochar la cremallera del pantalón y en aquella ocasión lo consiguió.

Por fin, su erección fue liberada y no hubo un solo momento de vacilación.

Andreas se puso el preservativo con manos temblorosas, pasó un brazo por su cintura y se enterró en ella hasta el fondo.

Estrecha y ardiente, Carrie lo recibió empujando hacia arriba y clavando las uñas en su espalda, urgiéndole a moverse más deprisa. El encuentro era frenético, tierno y duro al mismo tiempo. Sin pudor, ella empujó sus nalgas murmurando palabras sensuales e incoherentes hasta que echó la cabeza hacia atrás y un grito ronco escapó de su garganta.

Andreas cayó de cabeza en el éxtasis de su propia liberación, más poderosa e intensa que nunca.

Mientras la abrazaba, experimentando un fiero deseo posesivo, unas palabras flotaban en su cerebro:

Carrie era suya.

Capítulo 12

CARRIE intentó ponerse la máscara de pestañas por tercera vez, haciendo un esfuerzo para controlar el temblor de su mano.

Estaba tan nerviosa como cuando esperaba en la recepción de Gestión de Fondos Samaras para ver a Andreas por primera vez.

La boda de su primo tendría lugar en poco más de una hora y él había ido a buscar a sus padres y a su sobrina al aeropuerto. Toda la familia se alojaba en el mismo hotel. Al parecer, era tradición en la familia Samaras que la novia y el novio desayunasen como marido y mujer rodeados de la familia, todos mirándolos y sabiendo lo que habían hecho en el lecho conyugal.

Por suerte, Andreas y ella se casarían en el Registro Civil de Chelsea, a solas.

Le daba pánico conocer a sus padres, pero más aún volver a ver a Natalia. Lo temía más que tener que fingir delante de todo el mundo que Andreas y ella estaban enamorados.

Al fin y al cabo, le costaba trabajo apartar las manos de él.

No sabía cuándo había ocurrido eso, solo sabía que un día, en Agon, se había mirado al espejo y se había preguntado a sí misma de qué tenía tanto miedo. ¿Por qué luchar contra algo tan placentero? ¿Por qué negárselo a sí misma, a los dos?

Había descubierto el placer del sexo. Después de veintiséis años controlando su libido, su cuerpo parecía estar compensando por el tiempo perdido.

La buena noticia era que tenía seis meses para compensarlo, la mala que no podía reprimir el miedo de que su cuerpo solo reaccionase así por Andreas. Para Andreas.

¿Pero qué más daba que fuera solo con él? Seguía siendo maravilloso.

¡Tachán! Por fin había terminado de maquillarse.

Entonces sonó su móvil y tragó saliva al ver el nombre de su hermana en la pantalla.

–Hola, Vi. ¿Cómo estás?

Silencio.

–¿Estás ahí?

–¿Es verdad?

A Carrie se le encogió el corazón.

–¿A qué te refieres?

–¿Estás saliendo con Andreas Samaras?

Carrie cerró los ojos.

–Sí, es verdad.

«Y todo por ti y por las mentiras que me contaste».

–Sabes lo que me hizo, ¿no?

–Violet, ¿sigues viendo a tu terapeuta?

–Responde a mi pregunta.

–Responderé cuando me respondas tú. Por favor, dime que sigues viéndolo.

–Mi terapeuta es una mujer.

–Ah, pensé que era un hombre.

–Lo era –el tono enfadado de Violet se suavizó–. Decidimos que sería más fácil para mí hablar con una mujer.

–¿Y te resulta más fácil?

–Sí –respondió su hermana–. Es muy simpática y no me juzga.

Carrie intentó no tomárselo como un ataque personal.

–Me alegro.

–Ahora responde a mi pregunta: ¿sabes lo que Andreas me hizo?

Carrie tomó aire.

–No te hizo nada, ¿verdad, Vee? –le preguntó, con el corazón acelerado–. No te tendió una trampa porque las drogas eran tuyas. Vee, esto no cambia lo que siento por ti, te quiero mucho.

Al otro lado hubo un silencio, pero sabía que su hermana seguía allí.

–Siento mucho que no confiaras en mí lo suficiente como para contarme la verdad, pero, por favor, te lo suplico, admítelo. Habla con tu terapeuta. James te trató de una forma horrible, pero Andreas no es James. No se parece nada a él. Violet, te quiero y te perdono. Y espero que encuentres la forma de perdonarte a ti misma...

En aquella ocasión, el silencio al otro lado le dijo que su hermana había cortado la comunicación.

–¿Era tu hermana?

Carrie dio un respingo.

No había oído a Andreas entrar en la habitación, pero estaba en la puerta con su esmoquin negro, mirándola con expresión sombría.

–Sí.

–Lo que has dicho... ¿me crees?

Carrie asintió con la cabeza.

–¿Desde cuándo?

–Desde que me lo contaste –respondió ella, dejando caer la cabeza, avergonzada–. Pero no podía admitirlo. Violet es mi talón de Aquiles, siempre lo ha sido.

–¿Por qué está viendo a un terapeuta?

–Porque es drogadicta.

De repente, ya no podía contenerse más y se desplomó sobre un sillón con los ojos llenos de lágrimas.

La emoción que Andreas había experimentado cuando la oyó defenderlo se convirtió en angustia al verla llorar.

No eran solo lágrimas sino sollozos, unos sollozos que le rompían el corazón. En tres zancadas llegó a su lado y se puso en cuclillas para tomar su cara entre las manos.

–No llores, Carrie.

Tardó mucho tiempo en calmarse, pero por fin dejó de llorar y respiró profundamente.

–Mi hermana es drogadicta. Está recuperándose en Estados Unidos, en casa de su padre, porque uno de sus camellos le pegó una paliza que la dejó en coma –empezó a decir–. Estuvo a punto de morir. Mi hermana pequeña estuvo a punto de morir de una paliza.

Andreas se quedó atónito por tal revelación.

–El canalla de James Thomas la sedujo y convirtió a una niña inocente en una adicta –Carrie se llevó una mano al corazón–. Yo debía estar ciega. No supe hasta qué punto llegaba su adicción hasta unos meses después de su expulsión del colegio... –añadió, haciendo una mueca de horror–. La encontré en la cama con un hombre mucho mayor que ella. Había drogas en el suelo... ella lo negó, pero yo sabía que se había acostado con ese hombre a cambio de una dosis. Violet no tenía dinero. Su padre le había cortado la asignación cuando la echaron del internado.

Andreas se levantó, pasándose una mano por el pelo.

–¿Por qué no estaba en el colegio?

–Porque había sido expulsada –le recordó Carrie.

–Ya, pero pensé que la habrías llevado a otro.

–No se le permitió hacer los exámenes, le quitaron la cartilla de escolaridad.

–¿Qué? La directora me prometió que le dejaría hacer los exámenes –exclamó Andreas, airado–. Yo insistí en ello.

–Te mintió. No dejó que Violet volviera a pisar el colegio –Carrie dejó escapar un suspiro–. Y Violet perdió las ganas de vivir. Salía hasta las tantas y luego aparecía borracha y drogada, a menudo con cortes o heridas... yo la curaba, rezando para que fuese la última vez que tenía que ponerle una bolsa de hielo en la cara o dormir en el suelo porque temía que se ahogara en su propio vómito, pero no fue así. La detuvieron no sé cuántas veces, estuvo hospitalizada, tuvieron que hacerle varios lavados de estómago... de verdad pensé que quería matarse.

–Dios mío...

Andreas se dejó caer pesadamente sobre la cama. Él no sabía nada de ese horror. Y pensar que su hermosa Carrie había tenido que pasar por todo eso. Y la pobre Violet, que era una cría... el sentimiento de culpa por el papel que, sin querer, él había hecho en todo eso no le dejaba respirar.

Después de unos minutos de silencio, Carrie siguió hablando en voz baja:

–La vi intentando suicidarse durante tres años y no pude hacer nada para salvarla. Lo intenté todo. La encerré en su habitación, pero ella rompió una ventana y se escapó. Organicé numerosas intervenciones con profesionales, pero Violet se reía en nuestra cara. En una ocasión encontré una bolsa de cocaína en su habitación y la tiré por el inodoro. Mi hermana, fuera de sí, me dio un puñetazo en la cara... –Carrie intentó reír–. Entiendo a Natalia. Sé que Violet tiene un gancho de izquierda impresionante.

–Carrie...

–Creí las mentiras que me contaba sin cuestionar nada. Debería haberlo verificado como hice con James

Thomas y quiero que sepas cuánto lo siento. Podría haber arruinado tu negocio y me avergüenzo de mí misma por ello. Creo que... perdí la cabeza.

Era cierto, pensó Carrie mientras se confesaba. No tenía que verificar la versión de Andreas porque sabía en su corazón que era la verdad.

–Lo que has tenido que sufrir durante estos tres años haría que cualquiera perdiese la cabeza –dijo Andreas en voz baja.

–No creo que a ti te hubiera pasado. No creo que nada te hiciese perder la cabeza.

–Estuve a punto de perderla cuando mi hermana y mi cuñado murieron –admitió él–. No podía solucionarlo, no podía hacer nada. Mis padres sufrieron mucho cuando su negocio se arruinó, pero pude ayudarlos. Por muy mala que sea la situación siempre hay esperanza. La muerte de Tanya y Georgios sin embargo... ¿qué esperanza podía haber? Pero tú sabes eso tan bien como yo.

Carrie asintió con la cabeza.

–La muerte es lo único que no tiene solución.

–¿Por qué vive Violet con su padre? La verdad, pensé que también había muerto.

–Raymond se marchó a Estados Unidos después del divorcio y cuando mi madre murió no quiso saber nada de Violet. Pagaba el colegio y todos nuestros gastos... –Carrie esbozó una sonrisa triste–. Siempre ha sido muy generoso con el dinero, pero no quería saber nada de nosotras.

–¿Por eso te convertiste en la tutora de Violet?

–Raymond puso la vida de su hija de doce años en manos de una chica de diecinueve y nos dio la espalda. Los cheques llegaban regularmente, pero nada más.

–*Theos* –murmuró Andreas, pasándose una mano por el pelo. Diecinueve años, la edad de Natalia en ese momento. Él tenía treinta y uno cuando se hizo cargo de su sobrina–. Su madre había muerto y su padre no quería saber nada de ella... entiendo que Violet haya tenido tantos problemas –añadió, incapaz de entender por qué un hombre le daría la espalda a su hija–. ¿Y por qué está ahora con él?

–Porque yo le chantajeé –respondió Carrie.

–¿Ah, sí?

–Llevaba años suplicándole que me ayudase y él no hizo nada, pero cuando Violet entró en coma decidí que no podía más. Le llamé por teléfono y le dije que si no iba a Londres inmediatamente para hacerse responsable de su hija publicaría una foto del rostro y el cuerpo magullados de Violet en internet y le contaría al mundo entero que su padre se negaba a ayudarla.

–¿Y funcionó?

–Llegó a Londres al día siguiente. Una semana después, se la llevó a Estados Unidos con él. No sé por qué no lo amenacé antes, pero estaba tan ocupada cuidando de mi hermana y tramando mi venganza contra James y contra ti... –Carrie hizo una mueca–. No sabes cuánto lo siento.

–No te disculpes –Andreas se levantó de la cama para tomar su mano–. Soy yo quien lamenta todo lo que ha pasado. Debería haberte llamado a ti en lugar de hablar con la directora del colegio...

–Hiciste lo que debías hacer –lo interrumpió ella–. Tu intención era proteger a Natalia y la verdad es que a Violet la hubieran expulsado tarde o temprano. Yo no sabía lo grave que era la situación...

–Carrie... –Andreas apoyó la frente en la suya–. Nada de esto es culpa tuya. Tú has criado a tu hermana y la has salvado. Ahora tiene diecinueve años, ¿no? La edad que tenías tú cuando te convertiste en su tutora. La has ayudado, te has vengado del sinvergüenza que la introdujo en el mundo de las drogas y no puedes hacer más. Te he oído decirle que tiene que perdonarse a sí misma y tú debes hacer lo mismo –añadió, besando su frente y limpiando con un dedo el manchurrón negro bajo sus ojos.

Carrie se dio cuenta entonces de que las lágrimas habían arruinado su maquillaje y dejó escapar un grito.

–¡La boda de tu primo!

–Da igual.

–No da igual. Tenemos que irnos.

–¿Quieres ir? Puedo inventar una excusa...

–No, no, están esperándonos –lo interrumpió ella, intentando respirar–. Tenemos que anunciar nuestra boda y sería muy extraño que lo hicieras sin tu prometida.

–¿Estás segura?

¿Cómo no iba a estar segura? Haría lo que fuera necesario para cortar de raíz los rumores que ella misma había inventado.

Andreas era un hombre decente que había cuidado de su familia como lo había hecho ella. Era un hombre bueno y generoso y no merecía que nadie empañase su reputación con rumores y cotilleos. Merecía pasar el resto de su vida haciendo lo que se había negado a sí mismo durante tanto tiempo y en seis meses sería capaz de hacerlo. Podría saltar de país en país, tomar whisky bajo una palmera, acostarse con todas las mujeres que quisiera sin preocupase de ser una mala influencia para su sobrina...

Carrie experimentó una punzada de dolor en el pecho y tuvo que llevarse una mano al corazón.

–¿Te encuentras bien?

–Sí, no pasa nada. Pero debo estar horrible con la máscara de pestañas por toda la cara.

Andreas acarició su mejilla.

–Tú nunca podrías estar horrible.

–Dame cinco minutos.

Él tomó su cara entre las manos y la besó. Fue un beso suave y fugaz, pero cargado de tanta ternura que, por un momento, Carrie pensó que iba a ponerse a llorar de nuevo.

Capítulo 13

EL CHÓFER de Andreas se unió a la procesión de coches que hacían cola para llegar a la iglesia. Parecía haber algún problema mecánico con uno de los primeros y estaban todos parados.

Sus padres y su sobrina estaban frente a la iglesia, charlando alegremente con una docena de invitados. La familia Samaras era enorme, de modo que las bodas, bautizos y fiestas eran siempre encuentros ruidosos y multitudinarios.

Carrie miraba por la ventanilla con una sonrisa en los labios.

–¿Por qué compraste una casa en las islas Seychelles, tan lejos de aquí? Está claro que adoras a tu familia.

Él miró su precioso rostro. Se había maquillado de nuevo y, aunque aún tenía los ojos un poco enrojecidos, no creía que nadie se diera cuenta. Estaba preciosa con el largo vestido de seda color crema con un sutil estampado de hojas que dejaba un hombro al descubierto.

–Quería alejarme de todo –admitió él–. Mis padres solo hacen viajes cortos y las islas Seychelles están demasiado lejos para ellos.

–¿Pero por qué?

–Estaba preparándome para ser libre. Llevo años preparándome, desde que Natalia me dijo que quería estudiar Medicina.

Su corazón se aceleró mientras miraba de Carrie a su familia y de su familia a Carrie.

Su padre sonreía a su madre, apretando cariñosamente su cintura...

Andreas pensó en la longevidad de su matrimonio, en todo lo que habían pasado juntos, las penas y las alegrías.

¿Por qué había pensado que tener libertad para hacer lo que quisiera era mejor que tener a alguien con quien compartir todas las experiencias?

De repente, tuvo una visión de Carrie y de él en cuarenta años, rodeados de sus hijos...

¿Hijos?

Había dejado de pensar en tener hijos mucho tiempo atrás. Había criado a una adolescente como si fuera su propia hija y estaba convencido de que no querría pasar por eso otra vez.

–No puedo hacerlo –dijo en voz alta.

–¿Qué?

–Presentarte a mi familia como mi prometida cuando no lo eres de verdad. No puedo hacer votos falsos.

Al decir esas palabras Andreas sintió que se quitaba un peso de encima. Se había dejado seducir por una venenosa periodista, pensó, divertido.

No había nada venenoso en Carrie, una mujer amable, buena, cariñosa, independiente y fieramente protectora. Cuando quería a alguien lo quería con todo su corazón.

Y también él la quería con todo su corazón.

Andreas tomó su mano y se la llevó a los labios.

–Cásate conmigo de verdad.

–¿Qué?

–Lo digo en serio, cásate conmigo de verdad. No solo durante seis meses.

–No.

–Pero...

–La respuesta es no –Carrie rescató su mano, mirándolo como si fuera un perro a punto de morderla–. Acepté un matrimonio durante seis meses y no puedes cambiar los términos del acuerdo así, de repente.

–No me parece bien contarle a todo el mundo que vamos a casarnos cuando los dos sabemos que ese matrimonio tiene una fecha de caducidad.

–¿Por qué no? ¿Porque era virgen? ¿Ahora te sientes obligado a estar conmigo para siempre?

–No tiene nada que ver con eso. Admito que me gusta ser el único hombre con el que has estado...

–Por favor, no seas machista.

–Estoy siendo sincero contigo, pero podrías haberte acostado con cien hombres y seguiría pidiéndote que fueras mi esposa de verdad.

En esas semanas, mientras veían lo mejor y lo peor el uno del otro, Carrie se había metido en su vida como si siempre hubiera estado allí.

–Y yo te digo sinceramente que no pienso comprometerme durante más de seis meses.

–¿Por qué no?

–¿Tienes que preguntar? Estoy aquí para solucionar un problema que yo misma he creado, pero eso no significa que tenga que entregarte toda mi vida.

–¿No sientes nada por mí? ¿Solo soy una deuda que quieres pagar? –le preguntó Andreas–. ¿Estás diciendo que he imaginado lo que ha ocurrido entre nosotros?

–No estoy diciendo nada de eso –respondió ella con cierta desesperación–. Pero no puedes cambiar de opinión y esperar que yo obedezca inmediatamente.

–¿Cuánto tiempo necesitas?

–Seis meses.

–Quiero decir cuánto tiempo necesitas para pensarlo –replicó Andreas, con los dientes apretados.

–No necesito pensarlo. Estaremos casados durante seis meses y luego nos divorciaremos. Yo volveré a mi casa y tú podrás vivir la vida con la que llevas tanto tiempo soñando.

–Ya no quiero esa vida. Estar contigo... no es que me haya cambiado, pero me ha hecho ver que quiero compartirla con alguien.

–Ah, ya, ¿entonces quieres pasarlo bien y tenerme disponible para cuando quieras?

–Yo no he dicho eso –Andreas dejó escapar un suspiro.

No había esperado que ella aceptase de inmediato, pero sí que al menos fuese receptiva a la idea. Evidentemente, se había equivocado.

Sus sentimientos por Carrie eran como un tren desbocado desde el momento que entró en su despacho y había pensado que ella sentía lo mismo.

¿Cómo podía haber estado tan ciego? ¿De verdad había imaginado su relación?

–Seis meses de matrimonio y luego tú podrás montar tu cuartel general en Atenas y yo me quedaré en Londres. Eso es lo que acordamos –dijo ella obstinadamente.

–¿Y si me quedase a vivir en Londres contigo para siempre?

–La respuesta sigue siendo no. No quiero casarme contigo para siempre. Pagaré mi deuda durante seis meses y luego se acabó.

–¿Cómo puedes ser tan fría? –le preguntó Andreas, incrédulo–. Estoy dispuesto a dejarlo todo por ti y...

–¿Fría? –lo interrumpió ella, saltando del asiento para sujetar sus brazos con las dos manos y fulminarlo con la mirada.

Había sido tan rápido que Andreas no pudo reaccionar. Si la situación no fuese tan seria, y no tuviese la sensación de que todo estaba hundiéndose, tendría que admirar sus habilidades de ninja.

–¡No me llames fría! –le espetó Carrie, airada–. Me he pasado la vida cuidando de todo el mundo. Cuidé de mi madre durante seis años, hasta que murió. He querido y cuidado a Violet toda su vida ¿y de qué me ha servido? También a ella la he perdido. Daría lo que fuese por tenerlas de nuevo, así que no te atrevas a llamarme fría y no te atrevas a pedirme que le entregue el resto de mi vida a un hombre que lleva años anhelando ser libre y solo me rompería el corazón. Sí, Andreas, si nuestro matrimonio fuese real, tarde o temprano te aburrirías de mí y volverías a sentir ese anhelo de libertad ¿y entonces qué? Sacarías el talonario y me pagarías como hacen todos los hombres ricos cuando encuentran algo nuevo que les gusta más que lo antiguo.

Andreas sintió que se le helaba la sangre en las venas.

Se había equivocado sobre ella. Si le quitaba el caparazón protector solo era una víbora venenosa.

–Sigues pensando que soy un canalla acostumbrado a tratar a las mujeres como si fueran basura.

Carrie negó con la cabeza.

–No, no, lo siento no quería decir eso. Sé que tú no eres como los demás...

–Déjalo, ya has dicho más que suficiente –la interrumpió él, golpeando el cristal que los separaba del conductor–. Yo me bajo aquí. Vaya a buscar la maleta de la señorita Rivers a la villa y luego llévela al aeropuerto.

Andreas se volvió para mirar su hermoso y pálido rostro por última vez.

–Mi avión estará esperando. Puedes volver a Londres, ya has pagado tu deuda.

Luego, sin despedirse, salió del coche y se dirigió hacia su familia.

Carrie lo vio alejarse con el corazón en la garganta.

El pánico que la había ahogado cuando Andreas le propuso un matrimonio de verdad había desaparecido y solo quedaba una sensación de vacío, de entumecimiento, como si estuviera anestesiada.

Él se mezcló con la gente que esperaba frente a la bonita iglesia blanca, sin mirar atrás ni una sola vez. La había mirado con odio...

Nunca la había mirado así, ni siquiera cuando le contó la verdad esa noche, en las islas Seychelles.

Mientras se alejaban de la iglesia, de Andreas, Carrie tuvo que hacer un esfuerzo para respirar. Todo había terminado y seguía tan entumecida que solo podía intentar deshacer el nudo que tenía en la garganta.

Andreas tomaba un whisky en un bar mientras leía los correos que, según Debbie, merecían su atención. Frank, un viejo amigo de Manhattan, llegaría en cualquier momento...

–¿Quiere otra copa, señor?

Andreas miró a la joven camarera que lo atendía desde que llegó al bar.

–No, gracias –respondió–. Si necesito algo, te lo diré.

–Espero que lo haga –dijo la joven, haciéndole un guiño.

Mientras volvía a concentrar su atención en la pantalla del móvil se pasó una mano por el cuello, regañándose a sí mismo por perder una oportunidad de flirtear.

La guapa camarera era un ejemplo de lo que se había perdido durante esos años, pero en ese momento era libre para hacer lo que quisiera con quien quisiera. Durante la boda de su primo, Natalia había anunciado que iba a mudarse a un apartamento con su novio; un novio del que su tío no sabía nada, por supuesto.

Él le había deseado suerte e incluso había logrado parecer sincero. Tal vez saldría bien. Y si no, él estaría ahí para secar sus lágrimas. Andreas había aceptado que cuando se trataba de Natalia, siempre estaría ahí.

Lo importante, se había dicho a sí mismo numerosas veces, era que por fin era libre. Ni siquiera tenía una prometida de la que preocuparse.

Habían pasado seis días desde que se alejó de esa víbora y le había pedido a Debbie que le informase inmediatamente si oía algún rumor, pero por el momento todo estaba tranquilo.

Tal vez su breve relación con Carrie había sido suficiente para acallar los rumores.

La camarera buscó su mirada de nuevo. De verdad era guapa, una típica chica americana de sonrisa abierta y largo pelo rubio.

Carrie era rubia la primera vez que la vio...

Andreas tuvo que tomar un sorbo de whisky.

«No pienses en ella».

Tenía que olvidarla.

En cuanto dejó el vaso vacío sobre la mesa, la camarera le llevó otro.

–¿De dónde eres? –le preguntó.

–De Grecia –respondió él devolviéndole la sonrisa e intentando sentir algo.

Cualquier cosa.

–¿Grecia, eh? Siempre he querido ir allí.

Estaba tan cerca que podía oler su perfume, agradable, floral.

No le hacía nada.

El aroma de Carrie era tan cautivador que lo golpeaba en las entrañas.

Recordaba el calor de sus besos, el movimiento de sus labios cuando hablaba, su sonrisa cuando despertaban juntos. Recordaba cómo había llorado sobre su hombro, su desolación por Violet y que se abrazaba a él como si fuera el salvavidas que necesitaba...

«Carrie».

–¿Cómo te llamas?

–Carrie.

–¿Perdona?

Él parpadeó al ver que la camarera lo miraba con cara de sorpresa.

Había dicho su nombre en voz alta.

Carrie, la asustada Carrie, que había pasado toda su vida cuidando de una madre enferma y una hermana rota por culpa de un canalla sin escrúpulos.

Sus besos no eran mentira. Sus caricias no eran mentira.

Era su experiencia lo que la tenía engañada.

–Se llama Carrie –dijo Andreas entonces–. La mujer de la que estoy enamorado se llama Carrie.

No le había dicho que la quería. Se lo había guardado tras su vehemente negativa para proteger su ego.

¿Por qué no había visto el miedo en sus ojos? ¿Por qué no le había abierto su corazón?

La razón era muy sencilla: porque era un idiota.

Andreas se levantó y dejó un par de billetes sobre la mesa.

–Si un hombre alto y calvo llamado Frank pregunta por Andreas, dile que he tenido que irme urgentemente a otro sitio.

Luego salió a toda prisa del bar, paró el primer taxi que encontró y le pidió al conductor que lo llevase al aeropuerto.

Capítulo 14

CARRIE cerró el ordenador después del videochat con su hermana, sintiéndose mucho más animada. Acababan de mantener la primera conversación de verdad desde que Violet le contó su aventura con James Thomas y, por fin, le había confesado que mintió sobre Andreas, algo que ella ya sabía.

Ver el rostro de su hermana en la pantalla había sido casi tan maravilloso como su confesión. Violet había engordado y ya no era esa figura demacrada que podía ponerse ropa de niño.

En resumen, todo parecía ir bien.

Salvo cuando Violet le preguntó por su relación con Andreas. Cuando Carrie le contó, intentando sonreír, que ya no había relación, Violet se había quedado desolada.

–Pensé que te alegrarías –dijo ella, sorprendida.

–Yo solo quiero que seas feliz.

–Y soy feliz –había dicho Carrie, con el estómago encogido.

Pero su hermana no parecía convencida.

También tenía que convencer a su editor y a sus curiosos colegas, que no dejaban de hacer preguntas. Por fin, les había contado que sí, había tenido un breve romance con Andreas Samaras, pero habían decidido que a la larga la relación no funcionaría.

El único problema era que su editor le había preguntado cuándo tendría terminaba la entrevista para publicarla. Había olvidado la entrevista.

Carrie encendió su ordenador. No tenía transcripciones de ninguna conversación, pero sabía que si empezaba a escribir lo recordaría todo.

Tendría que enviársela a Andreas para que diera su aprobación y, si él estaba de acuerdo, se la enviaría a su editor. Si Andreas no daba su aprobación, tendría que decir que se había echado atrás y aceptaría la responsabilidad. De ningún modo empañaría su reputación.

Aunque él la odiase.

Carrie miró su reloj y vio que era casi la una de la madrugada.

Era sábado.

Aquel debía ser el día de su boda.

Tomó aire mientras abría un nuevo documento para empezar a escribir. La hora daba igual. Apenas había dormido una par de horas cada noche desde que volvió a Londres.

Las noches se habían convertido en su enemigo, el momento en el que su cerebro no hacía nada más que pensar en Andreas.

Pero era hora de matar al fantasma, pensó. Podía permitirse pensar en él, escribir el artículo y luego pasar el resto de su vida intentando olvidarlo.

Ah, pero el dolor que sentía en el pecho. Le dolía tanto. Era como si alguien le hubiera dado un puñetazo en el corazón.

Carrie empezó a escribir y descubrió que no necesitaba ninguna transcripción. Cada minuto que habían pasado juntos estaba grabado en su cerebro. Cada conversación, cada gesto.

La fortuna de Andreas Samaras llegó casi por accidente...

Sus dedos volaban sobre las teclas mientras contaba la trágica historia de sus padres y cómo eso lo había espoleado para trabajar tanto como era posible para salvarlos de la ruina.

Cuanto más escribía, más clara se volvía su imagen. Era como si estuviese a su lado. Si alargaba una mano sería capaz de tocarlo...

Su lealtad, su generosidad. Todo lo que había hecho por su familia. Sus padres no volverían a tener preocupaciones económicas, su sobrina podía estudiar la larga carrera de Medicina sin trabajar, sus primos y tíos, todos tenían las hipotecas pagadas. Nadie en la familia Samaras tendría problemas económicos mientras Andreas viviese.

Cinco horas después, con las manos doloridas, se levantó de la silla y empezó a llorar.

Por primera vez admitía lo que había dejado escapar.

No había querido compararlo con los canallas que abusaban de su poder porque sabía que Andreas no era como ellos.

Su proposición, la idea de casarse para siempre, la había tomado por sorpresa, pero también la había aterrorizado. Se sentía vulnerable después de haberle abierto su corazón y él no había pronunciado la palabra que quería escuchar de sus labios.

En ningún momento había mencionado el amor.

Pero ella no le había dado oportunidad. Había dicho que no sin pensarlo dos veces.

«No me casaré contigo de verdad. No me arriesgaré a que encontramos juntos la felicidad porque soy una tonta que exige pruebas de todo».

¿Qué pruebas podía darle de que su matrimonio sería feliz, de que nunca la engañaría ni le rompería el corazón? Ninguna porque esas pruebas no existían. Andreas no tenía una bola de cristal. Y tampoco ella.

Lo único que podía hacer era confiar en su instinto

y en lo que le decía el corazón. Y el corazón le decía que había cometido el error más grande de su vida.

Andreas le había ofrecido su mundo, pero ella estaba demasiado asustada como para aceptarlo.

Y ya era demasiado tarde.

Cerrando el ordenador, Carrie enterró la cara entre las manos y empezó a llorar.

Era demasiado tarde.

Andreas llamó al timbre y golpeó la puerta tres veces, pero no recibió respuesta.

–¿Carrie? Por favor, abre la puerta.

–Ha salido.

Cuando se dio la vuelta vio a una mujer mayor paseando a su perro por la acera.

–¿Ha dicho dónde iba?

La mujer, que debía ser una vecina, negó con la cabeza mientras sacaba una llave del bolsillo.

–Salió hace media hora.

–¿Y dijo cuándo volvería?

–No, pero iba muy arreglada, así que no creo que vuelva pronto –la vecina abrió su puerta y lo miró por última vez–. Si su intención es robar la casa tenga cuidado. La alarma de Carrie es muy ruidosa.

A pesar de la situación, Andreas tuvo que sonreír.

–Lo tendré en cuenta.

La puerta de la vecina se cerró y, dejando escapar un suspiro de derrota, Andreas se sentó en el escalón y enterró la cabeza entre las manos.

Tendría que esperar hasta que Carrie volviese de donde hubiera ido «muy arreglada».

La última vez que la vio arreglada fue con ocasión de la boda de su primo, el día que todo se derrumbó.

Eso había sido una semana antes.

Andreas miró su reloj. Era más de la una. Su boda debería celebrarse en media hora...

¿Habría ido Carrie al Registro Civil?

De repente, se levantó y salió corriendo hacia la estación de metro más cercana. No había usado el metro en muchos años, pero era la forma más rápida de llegar a Chelsea.

Cinco minutos después estaba frente al Registro Civil, mirando su reloj constantemente mientras corría escaleras arriba.

La sala de espera estaba vacía.

Andreas se dobló sobre sí mismo, en parte de agotamiento, pero sobre todo de dolor. Un dolor que iba de su estómago a su corazón.

Un dolor indescriptible.

Qué tonto había sido.

¿Por qué iba a estar Carrie allí? Ella había dejado bien claro lo que sentía, pero él, egoísta y tonto que era, había sido incapaz de aceptar...

–¿Andreas?

Él se quedó inmóvil durante un segundo y luego se dio la vuelta. La puerta de la sala de ceremonias se había abierto y en el umbral estaba Carrie, con el funcionario del Registro tras ella.

Carrie lo miraba como si estuviera viendo un fantasma.

La vecina tenía razón al decir que iba muy arreglada. Llevaba un precioso vestido de color crema y una suave chaqueta de cuero del mismo color, con sandalias a juego.

Pero tenía los ojos enrojecidos.

–¿Qué haces aquí?

–¿Qué haces *tú* aquí? –replicó él, sin confiar en lo que le decían sus ojos.

Se miraron en silencio durante unos segundos. Carrie, que se había resignado a no verlo nunca más, creía estar viendo visiones.

Había caído en la cama exhausta a las seis de la mañana y, después de tres horas dando vueltas, se había levantado con la certeza de que tenía que ir al Registro Civil. Diciéndose a sí misma que era una tontería, había rebuscado en su armario algo parecido a un vestido de novia. No sabía por qué, pero tenía que hacerlo.

Incluso en ese momento, con alguien que parecía Andreas frente a ella, no podría decir de dónde había salido esa certeza.

Había llegado al Registro antes de la hora y había visto a una feliz pareja entrar y salir veinte minutos después, con sus familiares y amigos.

En esos veinte minutos había esperado en vano.

Cuando volvió a quedarse sola enterró la cara entre las manos y se echó a llorar. El funcionario del Registro se había compadecido de ella y la había llevado a la oficina para ofrecerle una taza de té...

Carrie miró los ojos castaños claros que tanto amaba y vio que Andreas entendía la verdad al mismo tiempo que ella.

Unos segundos después, Andreas la tomaba entre sus brazos y la besaba locamente mientras ella le echaba los brazos al cuello, sin parar de llorar.

¡Era él! ¡Andreas estaba allí! ¡Había ido!

–Lo siento, lo siento, lo siento –murmuró, besando su cara, inhalando su aroma...

De verdad era él.

Por fin, se apartaron para mirarse a los ojos. Había una expresión maravillada en el rostro de Andreas.

–Estás aquí. Estás aquí, *matia mou*, estás aquí. No me atrevía a creer...

–Lo siento –decía ella, con lágrimas rodando sobre los dedos que acariciaban su cara con ternura.

–No, cariño, soy yo quien lo siente. Mi orgullo, mi ego, no me dejaba ver lo que había en mi corazón –dijo Andreas a toda prisa–. Quiero casarme contigo para siempre porque te quiero, porque eres la mujer más valiente, más leal y cariñosa que he conocido nunca. Eres obstinada y sexy y adoro todo en ti. La única libertad que quiero es la libertad de despertar a tu lado cada día durante el resto de mi vida así que, por favor, te lo suplico, cásate conmigo. Te quiero, no puedo vivir sin ti.

Carrie cubrió las manos de Andreas con las suyas, sintiendo como si su corazón fuese a explotar de felicidad.

–Te quiero, Andreas, y siento tanto que... –empezó decir, sacudiendo la cabeza–. Siento todo lo que ha pasado. Eres la mejor persona que conozco. Ere sexy y divertido... y has cuidado siempre de tu familia. No debería haber tenido miedo.

–Necesito aprender a ser paciente. Ya sabes cómo soy. Cuando quiero algo, lo quiero inmediatamente. Tú, en cambio, tienes que pensarte las cosas y...

Ella rio.

–Yo te enseñaré a ser paciente si tú me enseñas a ser más espontánea.

–Trato hecho.

El beso con el que sellaron el acuerdo fue interrumpido por una discretea tosecilla. El funcionario del Registro los miraba con una compresiva sonrisa en los labios.

–Si van a casarse tendrán que hacerlo ahora mismo. Debo oficiar otra boda en unos minutos y los funcionarios que hacen de testigos están esperando.

Andreas miró a Carrie.

–¿Quieres hacerlo?

Ella lo besó de nuevo.

–Estoy aquí, ¿no?

Andreas esbozó la sonrisa más brillante y más deslumbrante del mundo.

–Entonces, vamos a hacerlo.

Y lo hicieron.

Y ninguno de los dos lo lamentó nunca.

Epílogo

SE TE cae el velo! –gritó Natalia cuando Carrie iba a salir de la limusina.

–No sé por qué acepté ponerme esta cosa –protestó ella.

–Porque quieres hacer feliz a una anciana –le recordó Natalia–. Violet, ¿quieres sujetar este lado por mí?

Las dos damas de honor inspeccionaron el velo por última vez antes de que su padre abriese la puerta para ayudarla a salir. Estaba muy guapo con el esmoquin y parecía encantado de estar allí, orgulloso de su única hija.

En cuanto salieron del coche, con el glorioso sol de Agon brillando sobre sus cabezas, las chicas se apresuraron a alisar el vestido para que no hiciera arrugas sobre su abultado abdomen.

Carrie estaba embarazada de seis meses. Había pasado un año desde que Andreas y ella intercambiaron los votos en el Registro Civil de Chelsea, con dos extraños haciendo de testigos.

Cuando fueron a visitar a sus padres para darles la buena noticia, su madre se había echado a llorar y solo dejó de hacerlo cuando Andreas le prometió que pronto celebrarían una boda de verdad. Y «de verdad» significaba una boda en una iglesia con toda la familia, todos congregados en el mismo hotel y desayunando juntos a la mañana siguiente, como era la tradición.

Carrie adoraba a los padres de Andreas y estaba dispuesta a hacerlo por ellos, pero a medida que se acercaba la fecha descubrió que en realidad le hacía ilusión.

Una gran boda, rodeados de amigos y familiares, de gente que los quería, todos deseándoles lo mejor...

Natalia y su hermana habían retomado su antigua amistad. Violet había decidido quedarse a vivir en California haciendo rehabilitación y, aunque era una dura batalla, le había asegurado que cada día era menos difícil. Quería estar limpia y vivir una larga vida. Y esas palabras eran como música para sus oídos.

En cuanto a Carrie, se había despedido del periódico cuando se mudaron a Agon. Le encantaba su casa allí, le encantaba su vida, el sol, todo. Había perdido el deseo de ser periodista de investigación y, además, ya no podía trabajar de incógnito porque su fotografía había salido en todos los periódicos. La entrevista con Andreas, que a él le había encantado, había sido un gran éxito y su editor le había ofrecido la posibilidad de hacer trabajos esporádicos, entrevistas a empresarios y políticos de renombre. Andreas la había animado y ella había aceptado encantada.

Las puertas de la iglesia se abrieron, el órgano empezó a sonar y, del brazo de su padre, la mano libre sobre su bebé, Carrie empezó a caminar hacia su marido para repetir delante de todo el mundo los votos que habían hecho en privado.

Andreas estaba frente al altar, al lado de su padre, los dos hombres con idénticas sonrisas en los labios.

Su corazón dio un vuelco al verlo.

Su corazón siempre daba un vuelco al verlo.

Nunca había creído que existiera el cielo, pero con Andreas lo había encontrado.